Juri Rytchëu
Wenn die Wale fortziehen

Juri Rytchëu

Wenn die Wale fortziehen

Aus dem Russischen von
Eveline Passet

Unionsverlag
Zürich

Das russische Original
erschien 1975 erstmals unter dem Titel
КОГДА КИТЫ УХОДЯТ

Die Übersetzung erfolgte nach der Ausgabe von
Kogda kity uchodjat, in: Jurij Rytchëu, Sovremennye legendy,
izd. Sovetskij pisatel', 1980

2. Auflage 1993

Rieterstrasse 18, CH-8059 Zürich, Telefon 01-281 14 00
Übernahme der Übersetzung mit freundlicher
Genehmigung des Verlags Simon und Magiera KG München.
Die Übersetzerin hat den Text für diese Ausgabe überarbeitet.

Lektorat: Dieter Offenhäußer
Umschlaggestaltung: Heinz Unternährer, Zürich
Satz: Focus Satz, Giessen
Druck und Bindung: Ebner Ulm
ISBN 3-293-00179-3

Erstes Kapitel

I

Nau suchte mit den Augen diesen überraschenden Glanz, der sich zum Ufer hin immer deutlicher abhob – die Fontäne schoß hoch auf, und das Sonnenlicht ließ in ihr einen vielfarbigen Regenbogen funkeln.

Nau lief über das kühle feuchte Gras. Das Geröll auf dem Ufer kitzelte ihre Füße, und das leise Lachen des Mädchens mischte sich mit dem Klang der glattpolierten Kieselsteine, die die Brandung hin und herrollte.

Nau fühlte sich eins mit dem kräftigen Wind, dem grünen Gras und dem feuchten Kiesel, mit den hohen Wolken und dem endlosen blauen Himmel.

Und als zwischen ihren Beinen die aufgescheuchten Vögel davonliefen, die Hörnchen und die sommers leicht graufarbenen Hermeline, rief Nau ihnen zu, freudig und laut, und die Tiere verstanden sie. Sie schauten dem hochgewachsenen Mädchen nach, mit seinem wehenden, flügelgleichen schwarzen Haar.

Nie betrachtete sie sich mit fremdem Blick. Sie dachte nicht darüber nach, wodurch sie sich von den Bewohnern der Erdlöcher unterschied, von den in den Felsen Nistenden und den im Grase Kriechenden. Selbst die düsteren schwarzen Steine waren für Nau lebend und nah.

Und allem, was sie sah – dem Lebenden, welches Stimme kannte und Schrei, dem Stummen, doch sich Bewegenden, und dem in der ewigen Ruhe Verweilenden –, trat sie gleichermaßen ruhig und still entgegen.

Und dies war so bis zu der Zeit, da sie noch nicht die Fontäne des sich nähernden Wales bemerkt hatte, die hoch emporschoß und hörbar war in Ufernähe, da sie noch nicht den langen, kräftigen, leuchtenden Körper des Meeresriesen gesehen hatte – den Körper Rëus.

Der Wal schwamm auf das Ufer zu, und der Kiesel knirschte unter seinem Gewicht. Die Welle, die er aufsteigen ließ, rollte heran, ließ vor Kälte Naus bloße Füße brennen.

In den ersten Tagen wurde das Mädchen von etwas zurückgehalten, und es hütete sich, in die Nähe des Wales zu kommen. Etwas Starkes und Mächtiges hielt sie zurück an der Brandungslinie, an der Grenze, wo die kleinste Berührung durch die Welle ausgetrocknete Muscheln zu Staub zerfallen läßt, wo die im Meerwasser von Salz durchtränkten Rindenstücke liegen und manchmal auch ganze Baumstämme.

Nau schaute von weitem auf den Wal, auf den riesigen schwarzen Körper, in dem sich die Sonnenstrahlen tief spiegelten, und es schien ihr, als leuchtete der Wal aus seinem Innern mit einem ihm eigenen Licht.

Mit lautem Gurgeln flossen das Wasser und mit diesem kleinste rote Muscheltiere und Quallen in seinen Rachen, und über Rëus Kopf, im Wasserstaub, bildete sich ein sonniger Regenbogen.

Dieser lockte das Mädchen, rief es, zwang es, das unausgesprochene Verbot zu überschreiten, die unsichtbare Schwelle, welche die Kette aus bunten, von den Wellen ans Ufer getragenen Steinen kennzeichnete. Es wollte sich dem Regenbogen nähern, damit wenigstens ein einziger Tropfen, in dem eine kleine Sonne funkelte, auf sie falle.

Eines Tages ging Nau so nahe an den Wal heran, daß

sich die Fontäne über sie, von Kopf bis Fuß, ergoß. Dies geschah unerwartet, doch alles war so, wie sie es geahnt hatte – die Tropfen waren warm, glänzend, und Nau fühlte, wie Sonnenstrahlen sie einhüllten, wie durch ihren ganzen Körper sich ein neues, nie gekanntes Gefühl weicher Zärtlichkeit ergoß, und eine Art Beklemmung in der Brust. Ihr schneller gehender Atem brach ab, es schwindelte ihr, so als habe sie lange von einer Anhöhe auf die über das Wasser laufenden Schatten der Wolken geschaut.

Und der Wal ließ sie in warmen Wasserstrahlen baden, die von Sonnenlicht durchtränkt waren, streichelte sie mit weichen, zärtlichen Klapsen seiner Fontäne und deren leisem Gemurmel.

Nau spürte, wie ihr kleines Herz wuchs in ihrer Brust und diese ausfüllte, so daß regelmäßiges Atmen schwer wurde. Ihr Blut erwärmte sich, denn es nahm die Wärme der Walfontäne in sich auf. In ihrer Verwirrung stand sie reglos, nicht wissend, was zu tun sei. Aber früher hatte sie doch nie überlegt, was zu tun sei. Wie der Wind, die Wellen, die Wolken, das sprießende Gras und die sich in ihm versteckenden Blumen, wie die Hörnchen und die fliegenden Vögel, wie die im Meer schwimmenden Tiere und Fische... Sie war ein Teil dieser gewaltigen Welt gewesen, die lebend war und tot, die leuchtete und in Finsternis versank, die in den Schlaf gewiegt wurde von der Stille des hohen Himmels und der Decke aus weichen Wolken, die reißend wurde, wenn ein unerwartet hereinbrechender Wirbelsturm die Wellen in Bewegung setzte und sie über das Ufer sich ergießen ließ in dem Versuch, die Gräser zu erreichen, in denen Nau ihre kalten Füße schützend verbarg.

Jetzt aber überflutete sie etwas anderes. Es war, als sei

sie eben erst erwacht und der Moment des Erwachens dauere fort, als sehe sie den Himmel wie neu, das blaue Meer, die Hügel mit ihren grünen Grashängen, und als höre sie zum ersten Mal das Pfeifen der Ziesel, den Gesang der Vogelberge an den Felsen, das Murmeln des Baches... Als hätte sie plötzlich entdeckt, daß der Geschmack des Meerwassers sich von dem des Baches unterscheidet und daß die Morgenkälte in dem Maße weicht, wie die Sonne sich über dem Meer erhebt.

Wenn Nau nun durch die Tundra lief, wobei sie sich geschmeidig von den federnden Bülten abstieß, hielt sie plötzlich ein in ihrem Lauf und beugte sich über ein winziges blaues Blumenfleckchen, das einem aus dem Zenit gefallenen Himmelssplitter glich. Die tiefblaue Blattknospe wiegte sich auf dem zarten grünen Stengelchen, und Nau hörte einen durchdringenden, sich in der Ferne verlierenden Klang.

Die Welt der Töne und der Bilder klärte sich auf, und Nau wußte nun, woher das Dröhnen der sich gegen die Felsen brechenden Wellen kam, das Rauschen des mit unsichtbarer Riesenhand über das Tundragras streichenden Windes, das Plätschern der seichten Wellen in der Lagune, das Murmeln des Wassers im steinige Abhänge hinunterfließenden Bach.

Verschieden begannen die Vögel und Tiere zu sprechen.

Der schwarze Rabe krächzte mit schwarzen Lauten, und diese Laute waren dunkel und kalt wie der Schatten an jenem Ufer, welches kein Sonnenstrahl je erreichte und wo ewiger, vom Alter dunkel und porös gewordener Schnee lag.

Die Polarfüchse mit ihrem zotteligen Sommerfell kläfften, als spuckten sie die kleinen Kerne der Moltebeeren, die sich in ihrem Rachen festgesetzt hatten, wieder aus, spitz und durchdringend pfiffen die Ziesel, als riefen sie Nau bei ihrem Namen, riefen sie herbei, damit sie in die schwarzen Eingangslöcher der unter dem Schutz des Steines ausgehobenen Baue schaue.

Es tönten die Meeresvögel, die an den Uferfelsen nisteten, und von Zeit zu Zeit, wenn sie, durch einen Vielfraß in Schrecken versetzt, alle zugleich aufflogen, ertrank jeder andere Laut in ihrem Lärmen, und die Welt wurde trostlos-einförmig, grau und reizlos.

Nau entdeckte, daß Töne angenehm sein können für das Ohr oder aber derart, daß man fortlaufen und sich weit entfernt verstecken möchte. Dem Vogelgesang über einem morgendlichen Bache konnte sie endlos lauschen. Er hatte irgend etwas gemein mit dem Regenbogen über der Fontäne des Wales, und das Vogelgezwitscher weckte in ihrer Seele eine lichte Erwartung des bevorstehenden Wunders.

Von Tag zu Tag wurde die Tundra leuchtender und farbenreicher. Naus Füße wurden vom Saft der Beeren geschwärzt. Die alte Tundrawölfin leckte sie und schaute Nau mit hingegebenem und schwermütigem Blick in die Augen. Sie witterte den nahenden Winter und auch ihren eigenen Tod, denn sie war bereits zu nichts mehr nutze: das beschwerliche Leben und das Alter hatten ihre Zähne stumpf gemacht...

Wie immer weckten an diesem Morgen die Sonnenstrahlen Nau.

Noch glänzten sie so hell wie zuvor, doch schon war in ihnen nicht mehr die einstige, alles durchdringende Wärme. Wie sie Naus geschlossene Lider berührten, war eine Warnung zu spüren, ein Widerhall der sich nähernden Unwetter.

Nau erwachte gänzlich und stillte ihren Hunger mit einer Handvoll Moltebeeren.

Ihr feines Gehör vernahm das gewöhnliche Rauschen der Brandung, den Vogelgesang über dem Bach und das Rascheln des Grases.

Nau erhob sich und begab sich zum Meer.

Der Tau war ungewöhnlich kalt. Um sich zu wärmen und letzte Spuren des Schlafes abzuschütteln, rannte sie. Die Ziesel pfiffen ihr nach, und die erschrockenen Rebhühner flogen unter ihren Füßen auf, doch Nau hielt nicht ein, ein ängstlich-freudiges Vorgefühl bewegte sie. Normalerweise sammelte sie, um ihr kärgliches Frühstücksmahl zu bereichern, an der letzten Reihe der vom Meer angespülten Steine Ranken von Algen. Aber heute verlangsamte sie nicht einmal ihren Schritt.

Schon drang durch das Meeresgetöse das vertraute Pfeifen der sich zum Himmel erhebenden Walfontäne an ihr Ohr.

Der Glanz des Meeres blendete sie, und Nau konnte das Ufer nicht deutlich erkennen.

Plötzlich erblickte sie etwas Außergewöhnliches... Im ersten Augenblick dachte sie, es könnte eine Vision der vom Wasser geblendeten Augen sein.

Die Fontäne, in der sich der Sonnenschein brach, gab es zwar, und auch den Wal, der bis an das Ufer gekommen war. Doch je genauer sie den Meeresriesen zu betrachten suchte, um so durchsichtiger wurde er, als löse er sich auf in eine Wolke aus feinsten Wassertröpfchen...

Nau blinzelte einige Male, um den Wal deutlich sehen zu können.

Aber er war verschwunden.

Wie auch die Fontäne mit ihrem sonnigen Regenbogen nicht mehr war.

Statt all dessen sah sie an der mit Schaum eingefaßten Brandung einen Menschen.

Er stand dort und blickte sie mit schwarzen Augen an, die waren wie die eines Seehundes. Nau warf einen flinken Blick auf das Meer. Dort war alles leer. Nichts wies darauf hin, daß der Wal, der eben noch am Ufer weilte, fortgeschwommen wäre. An der Brandungslinie saßen die Strandläufer und zuckten mit ihren spitzen Köpfchen. Schwärme von Zugvögeln kreisten tief über der Wasseroberfläche.

Nau spürte, wie kalt es war ringsum. Der eisige Kiesel ließ ihre Füße brennen, kalt war die Luft, und selbst die Sonnenstrahlen wärmten nicht mehr. Der Mensch ging einen Schritt auf sie zu, und für einen Augenblick schien es ihr, als blitze hinter seinem Rücken ein Regenbogen auf. Sein Gesicht veränderte sich plötzlich: die Augen wurden schmaler, die Lippen öffneten sich leicht, und sein ganzes Antlitz strahlte eine ungewöhnliche Wärme aus, eine zärtliche, selbst über einen Abstand hin deutlich spürbare, eine lockende. Und diese Wärme, die von ihm ausging, umhüllte Nau wie eine weiche Wolke.

Auch Nau trat ihm einen Schritt entgegen, denn sie fühlte plötzlich den Wunsch, sich gegen die Brust des Unbekannten zu pressen, sich in ihm vor der Kälte zu verbergen.

Der Mann nahm Nau bei der Hand.

Er ging leicht, überschritt kleine Pfützen, übersprang Flüsse, sein Gang war wie der Flug eines Vogels. Nau folgte dem Unbekannten, scheinbar getragen von ihrem flügelhaften wehenden schwarzen Haar.

Die Morgenkälte war verflogen, heiß wurde es gar, und die Füße brannten, als liefe Nau nicht durch kaltes Gras, sondern über die von der Sommersonne glühenden sandigen Ufer der Tundraflüsse.

Der Glanz der Sonne jagte ihnen nach über die spiegelglatte Wasseroberfläche der Lagune, über die strömenden Wasser der Flüßchen und Bäche, über die zahlreichen Pfützen und kleinen Seen.

Was war das nur?

Eine nie gekannte, ungeheure, nur mit der Sonne vergleichbare Freude. Eine Leichtigkeit und die ängstlich-süße Erwartung, eine warme Beklemmung in der Brust, welche hervorgerufen worden war von dem Gedanken, daß er an ihrer Seite war – jener, in welchem alles zusammenfloß, was in diesem Sommer sich ereignet hatte: der riesige Wal und die überraschende Wärme und die unerwartete Entdeckung, daß sie sich durch irgend etwas unterschied von den Vögeln und Tieren, von den Gräsern und Wellen, vom Himmel und der Erde...

Was nur war es?

Sie stiegen die Hügel der Tundra hinan, die bedeckt waren mit zartem, gerade erst ein wenig gelb gewordenem Gras. Unter dem Gras wuchs das trockene leuchtendblaue Rentiermoos – die Flechte, deren dicke Polster die anderen Gewächse vor der tödlichen Einwirkung des ewigen Frostes schützen.

Von der Höhe der Hügel aus öffnete sich der Blick auf das schon ferne Meer mit seiner kaum hörbaren, gedämpft rauschenden Brandung.

Der Mann blieb stehen, ohne Naus Hand freizugeben.

Er wandte sein Antlitz dem Meer zu, und beide, das Mädchen und er, schauten auf die blaue Weite.

Hinter der weißen Einfassung der Brandung tummelten sich die Wale. Die Gruppe näherte sich dem Ufer, schmückte die Wellen mit regenbogenfarbenen Fontänen und verscheuchte dabei einen Schwarm Strandläufer.

Sein Gesicht leuchtete wieder mit jenem Ausdruck, von welchem Wärme ausging, und in seinen großen schwarzen Seehundaugen entzündete sich ein warmes gelbes Feuer.

Der Mann ergriff nun auch ihre andere Hand und zog Nau kaum merklich an sich. Die Wärme schien brennend, unerträglich, doch lockend. Es schwindelte ihr leicht, und Nau erinnerte sich daran, wie sie auf die hohen Uferfelsen gestiegen war und von dort lange auf das Meer hinabgeschaut hatte, auf die sich kräuselnde Wasseroberfläche, auf die einander folgenden Wellen... Damals schwindelte ihr genauso, und die steile Tiefe zog sie an, löste in ihren Beinen ein wonniges Zittern aus...

Aber dies ist etwas ganz anderes, es erinnert nur entfernt an den Ruf des Abgrunds.

Und wieder spürte sie die Wärme, die zärtliche, die weiche, so weich wie die Daunen in den Nestern der Eiderente in den kalten, dem Meer zugewandten, ewig vom Winde umwehten und von Salzwasserspritzern benetzten Felsen...

Sein Gesicht war nah, und es veränderte sich, wie die Tundra und das Meer sich verändern unter einem Wind, der mit seinen Wolken die Sonne bald freigibt, bald verdeckt.

Von ihm ging der Geruch von Meerwind und Wasserpflanzen aus.

Ja, sie hatte gerade ihn erwartet, einen, der nah und verständnisvoll, stark und zärtlich zugleich war. Und all ihre Angst am Morgen, ihre Unruhe am Abend, wenn die Sonne am Horizont im Meer versank, und ihr Gefühl der Freude, wenn der Wal sich dem Ufer näherte, waren eine Vorahnung eben gerade dieses Zusammentreffens gewesen, die Erwartung des Glücks.

Rëu ließ sich nieder im Gras und zog Nau zu sich hinab. Es schwindelte ihr, alles schien verdeckt von einem regenbogenfarbenen Dunstschleier, und es war, als sei ihr Körper eingetaucht in die warme Walfontäne, umhüllt und gestreichelt von der Berührung ihrer zärtlichen Wasserstrahlen.

Für Augenblicke kam es ihr vor, als flöge sie über der Erdoberfläche dahin, von hellen weichen Wolken einem leichten Wind hinterhergetragen. Und gleichzeitig mit dieser Empfindung wuchs etwas anderes in ihr: Sie wollte zu einem einzigen zusammenfließen mit diesem Mann, und dieser Wunsch war so stark, daß Nau einen Schmerz verspürte. Zeitweise füllte dieser Schmerz ihr ganzes Inneres, versuchte nach außen zu brechen, aber er fand keinen Weg.

Nau mochte schreien, denn Stöhnen entriß sich ihrem Inneren, doch sie wußte nicht... wußte noch nicht, daß gerade dies das höchste Glück der Frau und die Quelle von Gesang, Zärtlichkeit und neuem Leben ist...

Nau hörte ein Lärmen von Walfontänen, welches die Luft über den Wellen des Meeres zerschnitt... R-r-r-rëu!... – schien es ihr.

»Rëu, Rëu, Rëu«, wiederholte sie einige Male und öffnete die Augen.

Rëus Gesicht war ganz nah, und seine großen schwarzen Augen nahmen das Mädchen in sich auf, ließen es in flimmernder heißer Schwärze versinken.

Jetzt fühlte Nau weder Furcht noch Angst. Wieder und wieder kam sie zu der Überzeugung, daß gerade dies ihr gefehlt und sie gerade hierauf gewartet hatte. Sie hatte nur nicht geahnt, daß es im Antlitz eines Mannes zu ihr kommen würde, der aus einem Wal hervorgegangen war.

Und plötzlich durchzuckte etwas wie ein glühender Sonnenstrahl ihren ganzen Körper. Ihr erster Gedanke war: Kann denn ein Schmerz Freude sein? Und da war schon die Antwort: Ja, ein Schmerz kann die höchste Freude sein, die schreien macht und klare heiße Tränen vergießen läßt. Der Strahl ging in ihrem Körper umher, entzündete ihn, entfachte ein unsichtbares Feuer in ihr, und sie wünschte nur eines – daß dies endlos dauern möge, ewig...

Als Nau wieder zu Bewußtsein kam, fürchtete sie im ersten Augenblick, es könne alles nur Einbildung oder Traum gewesen sein.

Aber Rëu – so nannte sie in Gedanken diesen Mann – saß neben ihr und hielt ihre schwarzen Haare in seinen Händen, ließ die Strähnen aus einer Hand in die andere gleiten. Er lächelte, und sein Gesicht leuchtete mit einem außergewöhnlichen Glanz.

Er betrachtete Nau, näherte sein Gesicht dem ihren und berührte mit seiner Nasenspitze die ihre, und diese Berührung brachte das in den Herzen glimmende Feuer wieder zum Lodern.

»Kann denn ein Schmerz Freude bereiten?«

»Die höchste Freude kommt durch den Schmerz«, antwortete Rëu.

Mit seinen Worten nahm Nau die bekannten Gerüche des Meeres auf – des salzigen Wasserstaubs, der Wasserpflanzen, des feuchten Kiesels und der über das Ufer verstreuten roten Seesterne.

Bevor die Sonne unterging, erhob sich Rëu vom niedergedrückten Gras und schlug die Richtung zum Meer ein.

Nau ging neben ihm.

Je näher das Tosen der Brandung kam, desto angsterfüllter wurde ihre Seele. Zum ersten Mal im Leben näherte sie sich dem Meer ohne Freude.

Da war schon die Brandung und auf ihrer Krümmung eine Schar Strandläufer.

Rëu hielt inne.

Die Sonne sank ins Meer. Über der Linie, welche Himmel und Wasser verband, war noch der obere Rand der Scheibe verblieben, und von ihm ging ein hell klingender lichter Pfad aus und stieß auf das feuchte Ufer aus Kieselsteinen.

Rëu begab sich auf diesen Pfad, tat Schritte im Wasser, und an der Stelle, wo eben noch ein Mensch gestanden hatte, schimmerte für einen Augenblick eine Walfontäne.

Von Sinnen ging Nau ins Wasser, doch etwas Starkes und Mächtiges stieß sie zurück an das Ufer.

Der Wal entfernte sich, immer weiter, und bald erlosch seine Fontäne zusammen mit dem letzten Widerschein der im Meer ertrinkenden Sonne.

II

Wenn die Sonne über der Lagune aufgegangen war und ihren höchsten Punkt erreicht hatte, stieg Nau zum Ufer hinab und blieb dort so lange stehen, bis in der Ferne der Regenbogen sein Spiel begann.

Ihre Freude wuchs in dem Maße, wie sich der Wal dem Ufer näherte und sein erregter Atem lauter wurde.

Nachdem sich Rëu in einen Menschen verwandelt hatte, nahm er Nau bei der Hand und ging mit ihr auf das weiche Tundragras.

Sie sprachen wenig. Viel von dem, was sie einander zu sagen hatten, floß über durch Blicke, Berührungen oder einfach nur durch langes Schweigen.

Es kamen Tage erfüllt von Glück, von unverhofften und unhörbaren Flügen der Seele. Bis Nau eines Tages sah, daß die fernen Berge mit Schnee bedeckt waren.

»Was ist das?«

»Es ist das, was uns in andere Meere vertreibt«, antwortete Rëu.

»Das heißt, du verläßt mich?«

Rëu schwieg.

Mit jedem Tag wurden die Begegnungen kürzer, denn die Sonne verkürzte ihren Weg am Himmelszelt und hatte es eilig, im Wasser unterzugehen. In der Luft tanzten weiße Schneeflocken. Wenn sie auf die Erde fielen, in kleine Pfützen und Lachen, verwandelten sie sich in kaltes Wasser.

Ungemütlich wurde es auf der Erde.

Die in den Süden ziehenden Vögel erfüllten die Tundra mit traurigem Geschrei.

Der tönende Vogellärm über den Bächen verstummte, und das Wasser selbst trübte sich, wurde schwer von den häufigen Regengüssen.

Nau streifte durch die Tundra und grub Mäuselöcher aus, um an die süßen Wurzeln in ihnen zu gelangen. Es gab Tage, da konnte sie sich dem Ufer des Meeres nicht nähern: gewaltige Wellen schlugen gegen die Felsen, ergossen sich auf das mit Kieseln bedeckte Kap und stürzten sich auf das einsame, auf einer hohen Steinreihe stehende Mädchen.

An solchen Tagen fürchtete Nau, Rëu könnte nicht kommen.

Doch er kam.

Allerdings tauchten in seinen Zärtlichkeiten Angst und Ungeduld auf.

»Warum bleibst du nicht bis zum Morgen bei mir?«

»Wenn ich nicht mit dem letzten Strahl der Sonne zurückkehre, dann bleibe ich für immer auf der Erde«, antwortete Rëu.

»Willst du das nicht?«

»Ich weiß nicht«, war darauf Rëus Antwort.

Noch vor kurzem, im Frühjahr, als er, jung und voller Spannung, sich im weichen Meerwasser tummelte, konnte er mit Überzeugung sagen, daß er niemals und um nichts in der Welt dieses Element der Freiheit eintauschen würde gegen das harte Festland. Aber jetzt... Er hatte auch nicht gewußt, daß es in der Welt eine Macht gab, die einen Wal zum Menschen werden läßt und ihn zurückhält am Ufer, ihn zwingt, die große Gefahr, für immer als Mensch auf der Erde zu bleiben, zu vergessen.

Seine Brüder, die Wale, hatten ihn gewarnt. Sein Vater hatte ihm die weiße Decke am Horizont gezeigt. Sie kam mit jedem Tag näher zum Ufer. Bald würde dieses kalte Weiß das Wasser erstarren lassen und den Weg zu belebenden Lüften abschneiden. Schon waren ihre Hauptfeinde, die Schwertwale, fortgezogen in wärmere Breiten, fortgeschwommen waren die Walrosse und Robben, und selbst die kleinsten Bewohner des Meeres, die das Flachwasser der Küste dicht besiedelten, waren den großen Tieren gefolgt. Immer verlassener und schweigsamer wurden die Ufer des nördlichen Meeres.

Es kam der Tag, an dem hinter der steinigen Landzunge ein Streifen weißen Eises auftauchte; spürbar ging der eisige Geruch schneidender Kälte von ihm aus. Rëu kam nicht allein geschwommen. Die anderen Wale hielten sich am Rand des Eises auf und stieben im frostigen Nebel gut sichtbare Fontänen hoch in die Luft. Sie waren so zahlreich, daß die erschrockenen Kormorane auf- und davonflogen.

Rëu, begleitet von seinen Brüdern, näherte sich dem Ufer langsam. Sie schienen ihn zurückzuhalten, damit er nicht bis zu den Ufersteinen gelange. Doch Rëu kämpfte sich durch bis zur schäumenden Brandung und trat hinaus, an Land.

Er atmete schwer, und seine Brust hob und senkte sich heftig.

»Nau«, sprach er. »Ich bin zu dir gekommen.«

»Für immer?«

»Für immer«, antwortete Rëu, und, als sei es eine Antwort darauf, schossen Dutzende Walfontänen, den Sonnenschein zerstückelnd und alle anderen Laute übertönend, hoch auf.

Rëu nahm Nau bei der Hand und führte sie in die Tundra, weit fort vom Meeresufer, von seinen wutschnaubenden Verwandten, den Walen. Es drängte ihn fortzukommen, als fürchte er, seine Entscheidung zu widerrufen und mit seinem Walfischgeschlecht weit fortzuziehen in warme südliche Meere, fern des sich nähernden Eises.

Sie gingen bis jenseits des grünen Tundraufers der Lagune und die Hügel hinauf, wo das Gras schon nicht mehr so weich und in der Erde das Nahen des ewigen Frostes spürbar war, der sich vor der warmen Sommersonne unter einer dicken Schicht aus Moos und vorjährigem Gras verborgen hatte.

Sie ließen sich auf einer Anhöhe nieder und saßen lange schweigend.

Rëu war traurig, und sein Gesicht war bedeckt von einem Schleier, der dem Dunst herbstlichen Nachtfrostes glich.

Nau berührte seine Wange mit einem Finger.

Rëu zuckte zusammen, seufzte.

»Was werden wir tun?« fragte Nau.

»Leben werden wir«, antwortete Rëu kurz. »Ein neues Leben; das Leben der Menschen.«

Die ersten Wintertage waren nicht leicht. Rëu hob eine Erdhöhle aus und errichtete über ihr ein Gerüst aus Ästen, welche er am Ufer aufgesammelt hatte. Das Gerüst bedeckte er mit Grasnarben und trockenem Gras. Aus einem gesplitterten Walroßknochen fertigte er einen Speer und erlegte ein wildes Ren. Aus dem Fell bereiteten sie ihr Lager, um sich vor der ewigen Kälte des Erdreichs zu schützen.

Nau erinnerte sich an die sorglosen Tage wie an einen wunderbaren Traum, wie an etwas, das letztendlich niemals Wirklichkeit gewesen war. Manchmal erschien es ihr sogar, als sei Rëu nie ein Wal gewesen, denn das offene Meer war verschwunden, und soweit das Auge reichte, erstreckte sich die weiße Einöde, die bedeckt war mit unförmigen Eisblöcken und mit sich aufbäumenden Eisschollen, von denen ein kaltes blitzendes Flimmern ausging. Der Wind fegte zwischen den Eisbänken hindurch, kam ans Ufer und wehte sorgfältig jedes dunkle Fleckchen mit Schnee zu, stürzte sich voll Zorn auf die flache höhlenartige Erdhütte und versuchte, sie der weißen Ebene gleichzumachen. Und wütend wurde der Wind, wenn er allmorgendlich die dunkle Öffnung wiederentdeckte, aus welcher der Dampf lebendigen menschlichen Atems aufstieg.

Obwohl die ersten Bewohner des zwischen dem Meer und der Lagune gelegenen Kaps abends vor Müdigkeit umfielen, waren sie glücklich, und das Große, Hohe, Ewige, das Nau und Rëu verband, brannte mit der Beständigkeit und der Kraft der niemals versinkenden Sommersonne.

Jagdglück begleitete Rëu, und so reichten die Rentierfelle jetzt nicht allein für ihre Bettstatt, sondern auch, um sie vor der Kälte zu schützen.

Nau drehte Fäden aus getrockneten Rentiersehnen, und mit einer Nadel, die aus einem angespitzten Knochen des Schwertwals gefertigt war, nähte sie die getrockneten und gegerbten Felle zusammen. Damit Rëus Körper nicht wundgerieben werde an der rauhen Fleischseite des Fells, knetete es Nau mit den festen Fersen ihrer kräftigen Füße auf dem Boden der engen Behausung.

In einem steinernen Lämpchen brannte Licht, als habe sich eine winzige Sonne niedergelassen in der mit schwerem Schnee zugewehten Erdhütte.

Die Dunkelheit rückte immer näher, verdichtete sich mehr und mehr. Die Sonne zeigte sich nur in Form eines schmalen roten Streifens, doch in den Herzen Naus und Rëus hielt sich der feste Glaube, daß unzweifelhaft wieder ein neuer wirklicher Tag anbrechen werde, ein besserer noch als der vergangene, so wie sie einander wunderbar fanden an jedem neuen Morgen.

Das Vergangene war, als habe es nie bestanden für sie, denn das, woran ihr Leben hauptsächlich hing, war die Wärme in der kleinen Hütte, war das Feuer zwischen den Steinen, war das Gegenwärtige. Und von dem Gegenwärtigen war abhängig, was morgen geschah.

Häufig tosten Wirbelstürme. Der auf die Erde niedergefallene Schnee wurde aufgepeitscht, und eine dichte feuchte Schneewand und der mächtige Wind bliesen den Menschen um, drückten ihn zu Boden.

Während Nau dem Poltern des Schnees auf dem Dach der Hütte lauschte, spürte sie plötzlich einen Stoß in ihrem Innern.

»Was ist dort?« fragte sie ängstlich und legte ihre flache Hand auf den Bauch.

Rëu legte seine Hand auf die warme braune Haut seiner Frau, gleich über dem dunklen Punkt des Bauchnabels.

Und er fühlte pulsierendes Leben.

»Das ist zukünftiges Leben!« sprach er freudig. »Das ist ein neuer Morgen unseres Lebens! Um dessentwillen wir zusammen sind!«

»Das ist zukünftiges Leben«, wiederholte Nau leise und lauschte ihrem Körper.

Als die Schneestürme sich gelegt hatten und Nau und Rëu ins Freie traten, zeigte sich hinter den fernen Bergen die Sonne.

»Sie ist zurückgekehrt – die Quelle der Wärme!«

Sie schrien vor Freude und schauten einander an aus glücklichen Augen.

Die Sonne stand noch tief, und überall färbten ihre Strahlen den Schnee blutrot, bis hin zum Horizont, den das Auge in der Ferne gerade erahnen konnte.

Rëu fertigte verschiedenes Jagdgerät an. Schaute Nau auf ihn, auf sein ihm in die Stirn fallendes Haar, so kam ihr etwas dunkel in Erinnerung, etwas Unglaubliches, etwas Wundersames, was einstmals mit ihr, sie wußte nicht wann, geschehen war – im Traum oder im Wachen. War er wirklich ein Wal gewesen?

Im Morgengrauen ging Rëu hinaus auf das Eis des Meeres.

Nau wartete voller Ungeduld auf ihn. Sie schaute auf das Packeis. Bisweilen erschienen ihr das offene Meer, die grünen Wellen und die regenbogenfarbenen Lichtflecke in der Ferne. Was war das? Ihr Herz schlug heftiger, eine heiße Erregung erhob sich in ihrer Brust, und ihr wurde so warm, daß sie die Kapuze ihrer aus dem Pelz eines Rens genähten Kuchljanka zurückzog.

Rëu kam mit Beute, und als Nau damit beschäftigt war, diese zu zerlegen und das Essen zuzubereiten, waren die seltsamen Gedanken und Visionen verflogen.

Die Sonne riß sich los vom Fernen Grat und schwamm über den Himmel.

Eines Tages bemerkte Rëu an der Südseite eines großen Eisblocks die kaum mit bloßem Auge erkennbaren Jacken winziger Eiszapfen.

Ein vertrautes Vogellied weckte Nau. Anfangs wußte sie nicht: sang es in ihr oder hinter den Wänden ihres Hüttchens.

Die kleine graue Schneeammer hüpfte auf ihren dünnen verfrorenen Beinchen umher und zwitscherte in lauten Tönen vor sich hin, während sie die Überreste einer Mahlzeit auflas. Sie zeterte und schaute Nau aus scharfblickenden Augen verschmitzt an, als wolle sie sie beglückwünschen zum Beginn der Zeit der Großen Helligkeit.

Nau nahm sichtbar an Gewicht zu, ihr Körper rundete sich. Mit Mühe trug sie ihren großen Bauch. Zusammen mit der Wärme kamen die fetten Seehunde in die Küstengewässer geschwommen. Sie krochen ans Ufer, um sich in der Sonne zu wärmen; dort bekam sie der Jäger zu fassen. Manchmal erlegte er an einem Tag gleich mehrere, blieb dann an den folgenden Tagen zu Hause und besserte die von den wilden Winterstürmen beschädigte Hütte aus.

Die Menschen hielten sich auf der schon vom Schnee befreiten Sonnenseite auf und sprachen von der Zukunft.

»Eine Zeit wird kommen«, sagte Rëu nachdenklich, »da werden neben unserer Hütte andere Behausungen entstehen, und das Geschlecht der Menschen, welches wir begründeten, wird sich ausdehnen entlang der Küste. Hier gibt es Raum, das Meer wimmelt von Tieren, in der Tundra lebt das Ren – es ist möglich, hier zu leben und auf die Freuden zu warten, welche der kommende Tag verspricht...«

»Wie schön ist es, in die Zukunft zu schauen«, rief Nau

aus. »Blickt man nach vorn, so schwindelt einem, als schaue man von einer großen Höhe hinab.«

In der Lagune begann der Schnee ein wenig zu schmelzen, und ihre Oberfläche glich jetzt einem Rentierfell, dessen Pelz die Feuchtigkeit kahlgewetzt hat.

Einmal, als Rëu von einer Bergkuppe zurückkehrte, von wo aus er nach wilden Rentierherden Ausschau gehalten hatte, sagte er freudig erregt: »Ich habe das offene Meer gesehen.«

»Das offene Meer?« erklang das ängstliche Echo Naus.

»Das Eis ist gebrochen«, erklärte Rëu. »Und große Vogelschwärme ziehen über unser Kap hin zu diesem Gewässer.«

»Woher kommt so viel Lebendes auf unserer Erde?« fragte Nau.

»Irgendwo muß es wohl eine andere Erde geben«, antwortete Rëu. »Und vielleicht existieren irgendwo noch andere wie wir. Nur wissen wir noch nichts von ihnen, sind ihnen noch nicht begegnet.«

Ein warmer Regenschauer weckte die Bewohner der Erdhütte. Als sie nach draußen traten, sahen sie, daß von dem Eis in der Lagune nur mehr ein paar schimmernde Stückchen zurückgeblieben waren, die, sich der Strömung unterwerfend, am Ufer entlang und zur Meerenge hin schwammen. Schon konnten sie von der Schwelle der Hütte aus das vom Eis befreite Wasser des Meeres sehen, und sein halb vergessener Geruch stieg ihnen in die Nase und rief verworrene Wünsche wach.

Rëu fertigte ein Netz aus Rentiersehnen und zog es auf einen kreisrund gebogenen Ast auf. Er stieg auf die Uferfelsen und jagte den rotschnäbligen Ohrenalk.

Aus der Lagune schwammen die letzten Eisschollen fort.

Unerklärlich und unaufhaltsam zog es Nau zum Wasser hin. Sie konnte dort tagelang sitzen, auf die glatte Oberfläche schauen und mit ihren Blicken den fischefangenden Kormoranen folgen, den im klaren Wasser hin- und herschwimmenden grauen Groppen und den sich dicht gegen den steinigen Grund pressenden Plattfischen.

Es geschah frühmorgens, als die Sonne schon hoch über dem Kap stand und ihren langen Weg über die Hügel der Tundra beginnen wollte.

Nau stieg hinab auf ein Wiesenstück aus frischen, saftigen Gräsern, welches an der Mündung eines aus den Bergen kommenden Bächleins gelegen war.

Auf ihren Schrei hin kam Rëu herbeigelaufen.

»Zieh mich näher ans Wasser«, bat Nau.

Kleine Walkälber kamen hervor, als Naus Beine zur Hälfte im Wasser waren. Die Neugeborenen schwammen umher und stießen dabei kleine Fontänen aus.

Nau wandte ihr Gesicht Rëu zu und lächelte glücklich.

»Ich bin froh, daß sie dir ähnlich sind.«

Nau ging ins Wasser, bis die von der Milch geschwollenen Brüste unter Wasser waren. Die Walfischjungen kamen zu ihr geschwommen und begannen schmatzend zu saugen, indem sie mit ihren zarten dicken Lippen, zwischen denen die noch weichen, flaumartigen Ansätze des Fischbeins rosig leuchteten, gegen die Brüste stießen.

III

Rëu jagte auf brüchigem Festeis, zerlegte Seehunde und Bartrobben.

Und Nau entfernte sich kaum jemals vom Ufer; sie umsorgte ihre Kinder, die heranwuchsen, Kräfte sammelten und es schon wagten, bis in die größten Tiefen der Lagunenmitte fortzuschwimmen.

Dann rief Nau sie angstvoll mit dem Namen des Vaters: »Rëu! Rëu! Rëu!«

Die Walfischjungen ließen ihre kleinen Fontänen hoch aufsteigen, eilten herbei und stießen mit ihren zarten Lippen gegen die im Wasser ausgebreiteten Brüste, nahmen lange und mit Genuß die fette Muttermilch in sich auf.

Gegen Abend, wenn die Sonne das Festland verließ und sich auf das Meer zubewegte, um nach ihrem langen Tagesmarsch in die kühlen Fluten zu tauchen, kam der Vater und spielte mit seinen Kindern. Er warf bunte Steinchen weit hinaus ins Wasser, die Walkälber stürmten ihnen nach und stöberten sie auf dem Grund der Lagune auf.

Laut wurde es in der Lagune: Das Plätschern des Wassers, das Zischen und Pfeifen der Walfontänen, die Rufe Naus und Rëus – all das mischte sich mit dem Vogelgezwitscher über dem Bach, mit dem Flügelschlag der Kormorane, die sich vor den schnell schwimmenden jungen Walen in Sicherheit brachten. Auf den Bülten standen die Ziesel und pfiffen wohlwollend.

Mit dem Sonnenuntergang zogen die Walfischjungen fort zur Nachtruhe, und ihre Eltern ließen sich direkt am Ufer auf Rentierfellen nieder, die sie unter sich ausgebreitet hatten.

Oft wachte Nau mitten in der Nacht auf, lauschte in das Plätschern des Wassers hinein, um das gleichmäßige Atmen ihrer Kinder zu hören. Mit weit geöffneten Augen betrachtete sie den hellen Himmel, an dem noch kein Stern zu sehen war: Die Sterne würden erst wieder leuchten, wenn der Sonnentag sich verkürzt. Lag Nau so ohne Schlaf, fühlte sie sich eins mit dem leichten Wind, der langsam über die schlafenden Gräser und Blumen segelte und über das am Steilufer rauschende Wasser, fühlte sich als Teil des steinigen Ufers, über welches das kalte Wasser des Ozeans strömte, und als Wolke unter dem scharfkantigen bleichen Mond... Sie war alles, was um sie herum existierte, alles, was die ungeheuer große, den ganzen sichtbaren Raum füllende Welt ausmachte. Sie wußte, wenn im Morgengrauen die Sonnenstrahlen die feuchten Felsen der Landzunge treffen, wenn sie auf das steinige Festland überspringen und ihr Spiel mit der gekräuselten Wasseroberfläche der Lagune beginnen, würde dies alles verschwinden und sie sich wieder, von neuem, in ein Wesen verwandeln, das sich von seiner Umgebung unterschied. Gerade aber mit dem kommenden Morgen betrübte sie der Gedanke, daß die Waljungen zwar ihre Kinder, ihr und Rëus Fleisch und Blut waren, aber doch eben Wale, und daß sie nicht einmal aufs Ufer kommen und die elterliche Wohnstatt betreten konnten.

Nau tröstete sich mit der schwachen Hoffnung, daß sie sich mit der Zeit in Menschen verwandeln würden, wie es mit Rëu geschehen war.

Manchmal wollte sie ihre angstvollen Gedanken Rëu mitteilen, doch dieser, so schien ihr, sah keinen Unterschied zwischen sich und den Jungen. Offensichtlich kam es ihm nicht in den Sinn, daß sie sich von seinem Wesen unterschieden. Wahrscheinlich lag es daran, daß Rëu selbst ein Wal war, mit menschlichem Angesicht...

Am Tage war Nau wieder ein gewöhnlicher Mensch. Sie mußte ihren Verstand anstrengen, um zu verstehen, was der alte Rabe wollte, der sich auf einem mit der Zeit weiß gewordenen und von den Winden glattpolierten Walroßschädel niedergelassen hatte, und nachdenken mußte sie, um den Sinn des Liedes der Schneeammer und des Pfeifens der Hörnchen zu erraten. Das brachte Unruhe und Gedanken hervor, Überlegungen darüber, was vor sich ging.

Rëu war vom Morgen bis zum Abend beschäftigt.

Noch im Frühjahr hatte er auf dem Eis einige Walrosse erlegt und Nau gezeigt, wie die Häute zu teilen seien, damit sie fein und geschmeidig würden. Diese Rohhäute hielt er lange im Flachwasser der Lagune, und während sie dort weichten, sammelte er Treibholz und fügte es zusammen. Nau kam es vor, als erschaffe Rëu das Skelett eines riesigen, nie gesehenen Fisches. Er behobelte das Holz mit scharfen Messern aus Stein, polierte es, durchbohrte es mit Röhrenknochen und band es schließlich mit Riemen aus der Haut der Bartrobbe fest zusammen. Als alles fertig war, holte Rëu die Walroßhäute aus dem Wasser und bespannte damit das Holzskelett.

»Auf diesem Boot«, erklärte Rëu, »können wir uns weit vom Ufer entfernen.«

Den ersten Schwimmversuch unternahmen sie in der Lagune. Das mächtige Wasser schlug gegen den Boden und erzeugte ein klangvolles Donnern; der Wind füllte das aus feinen Seehundhäuten genähte Segel; und das Boot eilte über die Lagune dahin. Die Walkinder schwammen hinterher, sprangen freudig aus dem Wasser und versuchten, mit hohen Fontänen ihre Eltern zu bespritzen.

Das Boot hielt sich längs des mit Kieseln übersäten Kaps, glitt zur Meerenge hin, welche die Lagune mit dem offenen Meer verband.

Nau rief ihren Kindern laut zu, und ihr schien, als riefen diese zurück, als sprächen sie kindliche Worte und freuten sich mit ihr über die Erfindung des Vaters.

Rëu, stolz, welches Wunder er geschaffen hatte, stieß laute und kräftige Töne hervor, denen zu lauschen angenehm war. Unwillig machten die dicken Kormorane Platz, sie mußten lange mit den Flügeln schlagen, um sich vom Wasser zu erheben; seinen Weg kreuzend, flogen die Möwen mit angstvollem Geschrei über dem Boot, die Seehunde tauchten an die Oberfläche. Als verstünden sie nicht, was hier vor sich ging, und versuchten doch, zu begreifen, welch nie gesehenes Wunderding da in ihren Gewässern aufgetaucht war, schauten sie lange dem Boot hinterher.

»Jetzt sind wir den Kindern näher«, sagte Nau freudig, als sie umgekehrt waren und das Boot an Land gezogen hatten.

»Morgen fahren wir auf das offene Meer hinaus«, sprach Rëu.

Das Meer nahm das Boot wohlwollend auf. Nau fühlte, wie stark und mächtig das Meer war und wie groß die vom Ufer aus kaum sichtbaren Wellen. Mit Leichtigkeit trugen sie das lederne Boot auf ihrem mächtigen Rücken. Der kraftvolle und gleichmäßig wehende Wind füllte das Segel, und das Wasser murmelte leise hinter der Bordwand des sich vom Ufer entfernenden Boots.

Nau betrachtete Rëu und staunte: Niemals hatte sie solch einen Ausdruck in seinem Gesicht gesehen. Rëu wirkte, als sei er verschmolzen mit dem Boot, als seien diese beiden ein einziges Wesen. Jeder Wellenschlag, jeder Windstoß spiegelte sich in ihm. Wurden sie mit dem Boot auf einen Wellenkamm gehoben, sog Rëu in seltsamer Weise Luft ein, als wolle er die Fontäne eines Wals aus sich stoßen. Der Wind bewegte sein Haar und preßte Tränen aus seinen weit geöffneten Augen.

Und auf einmal beginnt Rëu laut und langgedehnt zu rufen, und in diesem Rufen sind erstaunliche, scheinbar von einem Regenbogen geschmückte Worte:

Sturm, starker Sturm,
Getränkt mit dem Meerwasserstaub!
Nimm auf deinen mächtigen Rücken
Den ledernen Nachen und bringe ihn
Auf den Pfad meiner Meeresfamilie,
Damit ich sie sehe und ihnen
Bezeuge die Kraft, jene sehr große
In der Natur, welche in einen Menschen
Verwandelt den Wal, welche Leben gibt
Neuem, das noch nie gekannt ward
In der Natur…

Nau, die sich unwillkürlich dem Zauber des rhythmischen Schreis unterworfen hat, bemerkt plötzlich, daß sie zusammen mit Rëu ruft – und das neugeschaffene Lied der Menschen erklingt mit dem gegen das Segel schlagenden Wind.

Das steinige Kap war längst aus den Augen entschwunden; die felsigen Landzungen, die mit Flechten und Moosen bewachsen waren, welche von nah bunt leuchteten und stellenweise von Gras überwuchert waren, schimmerten jetzt blau, und die Entfernung hatte ihre Konturen verwischt, ihnen die Größe genommen. Jetzt trennte diese riesige Weite aus Wasser das lederne Boot von der Erde, und das erregte Rëu, erfüllte ihn mit einer neuen Kraft.

Aber Nau verspürte plötzlich Angst.

Die feste, sichere Erde lag schon weit zurück. Die kleine Hütte war nicht mehr zu erkennen.

»Wohin segeln wir, Rëu?« fragte sie.

Rëu brach den Gesang ab, und der letzte Laut wurde fortgetragen, hoch über das Segel hinaus, und vermischte sich mit dem Rauschen der grünen Wellen.

Sein Gesichtsausdruck hatte sich verändert, als sei eine

Wolke in ihm aufgezogen, und er antwortete leise: »Ich weiß es nicht.«

Er setzte sich auf den Boden des Boots nieder, auf das Geflecht aus unzähligen Holzlatten, über die die Walroßhaut gespannt war.

»Ich erinnerte mich längst vergangener Jahre«, erzählte Rëu. »Ich war jung und neugierig und riß mich oft los von den Meinen. Ich schwamm weit fort, denn ich fühlte mich als Teil des Meeres, des Windes, des blauen Himmels. Man warnte mich. Ich hörte nicht auf die Worte der Älteren. Einmal fielen Schwertwale über mich her. Sie verfolgten mich wütend und lange, versuchten, mich gegen das Ufer zu drängen. Aber ich konnte ihnen entkommen und schloß mich wieder der Schule an. Ein andermal war ich zwischen treibende Eisbänke geraten und konnte mich gerade noch befreien; mein Körper war blutig gerieben... Und heute, da wir aufs Meer hinausgingen, fühlte ich mich wieder jung und voller Kraft...«

Rëu wendete das Boot.

Als vor ihnen ein schmaler Streifen das Kap andeutete, schoß neben dem Boot eine Fontäne auf, und aus der Tiefe auftauchend erschien der Kopf eines Wals.

»Das ist mein Bruder!« rief Rëu voller Freude aus. »Schau, Nau, dort ist noch einer! Ein anderer ist hinter uns! Sie sind zu mir gekommen! Nau, sie freuen sich über die Begegnung mit uns!«

Die Wale näherten sich vorsichtig dem ledernen Boot und stießen es vorwärts, ihm eine neue Geschwindigkeit gebend. Es schien, als lächelten ihre aufgerissenen Rachen, die mit einem dunklen Zaun aus dichtem Fischbein geschmückt waren, Nau zu.

Rëu stand in voller Größe und schaute glücklich auf seine Brüder.

»Wie schade, daß sie menschliche Worte nicht verstehen«, sagte Nau.

»Sie verstehen schon«, antwortete Rëu. »Nur sprechen können sie nicht. Um sprechen zu können, muß man Mensch werden, muß man eine Frau lieben, wie es mit mir geschehen ist... So sprach meine Mutter, als sie erfuhr, warum ich so sehr zum Ufer strebte, weshalb ich so lange nicht zur Familie zurückkehrte. Und sie sagte noch: ›Alles Leben an der Küste geht auf Wale zurück, welche die Liebe verwandelt hat...‹.«

»Das bedeutet, wir sind nicht allein auf dem Ufer?« fragte Nau.

»Vermutlich nicht«, antwortete Rëu.

»Warum habe ich dann Wale geboren?«

»Weil ich ein Wal bin«, erwiderte Rëu, und, als sei es eine Antwort darauf, schwangen seine dem Boot folgenden Brüder sich auf, sprangen fast mit ihrer ganzen riesigen Körperlänge aus dem Wasser.

Die Wellen, die sie aufwühlten, überschwemmten beinahe das lederne Boot, doch Rëu lachte nur und schrie seinen Brüdern laut und freudig zu.

Mit ihm freute sich Nau, und Ruhe kehrte in sie zurück, je näher das Ufer kam und sie von weitem den weißen Saum der Brandung sehen konnte.

Rëu lenkte das Boot in die schmale Meerenge, welche die Lagune mit dem Meer verband.

Hinter der Sandbank erwarteten ihre Kinder das lederne Boot, um es zu begleiten, während es von der Meerenge fort, entlang dem grünen Tundraufer schwamm.

In der Dämmerung säugte Nau ihre Kinder, dann schwammen diese zur Mitte der Lagune, wo sie für gewöhnlich die Nacht verbrachten.

Beim Abendessen sprach Rëu: »Meine Brüder haben mich anerkannt. Sie haben gesehen, daß ich ins Meer zurückgekehrt, ihm treu geblieben bin.«

Als der Tau kälter wurde und in der Tundra die Beeren sich mit Saft füllten, bemerkte Nau, daß es den Kindern immer schwerer wurde, zu ihr zu schwimmen – sie waren erwachsen.

Im Morgengrauen ging sie fort zu den grünen Hängen und durchstreifte eine sumpfige, mit niedrigem Gras bewachsene kleine Wiese, über der die reifen Moltebeeren rot leuchteten. In einem ledernen Tuesok sammelte sie Schwarze Krähen-, Blau- und Moltebeeren. Gegen Mittag kehrte sie zur Hütte zurück. Rëu war noch nicht zu Hause: Mit dem ledernen Boot war er zu den Einsamen Felsen gefahren, die weit draußen aus dem Meer ragten, jagte dort Seehunde, erlegte Walrosse und traf sich mit seinen Brüdern.

Nau mischte die Beeren, verfeinerte sie mit Robbentran und stellte sie ins Kühle, damit sie dem heimkehrenden Jäger einen Leckerbissen anbieten konnte.

Auf der Meerseite des mit Kieselsteinen bedeckten Kaps erwartete sie die Rückkunft Rëus.

Zunächst war das Segel zu sehen. Im Wind flatternd, wurde es langsam größer. Über dem Segel flogen Vögel, die ihm den Weg zum Ufer wiesen, und zu beiden Seiten des Bootes schwammen die Walbrüder.

Nau schaute auf das sich nähernde Boot. Schon konnte sie den Jäger erkennen, der darin saß, und sein im Winde wehendes schwarzes Haar. An den Bootswänden waren Seehund- und Walroßkörper befestigt. Diesmal war ein besonders großes Walroß dabei.

Die gelben Hauer des Tieres ragten aus dem Wasser.

Rëu und Nau mußten sich gehörig anstrengen, um den riesigen Tierkörper an Land zu ziehen.

»Dieses Walroß hat eine große Haut«, sagte Rëu. »Damit überspannen wir eine neue Hütte, in der es geräumig sein wird.«

Längst hatte er bemerkt, daß Nau erneut Mutter werden würde, und freute sich darüber.

Als die dunklen Nächte kamen, schwammen die herangewachsenen Wale nicht mehr zum Ufer – die Untiefen versperrten ihnen den Weg. Nau nährte sie schon nicht mehr mit ihrer Milch, die Kinder waren groß genug, selbst für ihre Nahrung zu sorgen.

»Es wird ihnen zu eng in der Lagune«, sagte Rëu und ließ das Boot ins Wasser.

Er ließ Nau sich in die Mitte setzen, ging selbst zum Heck, um Segel und Steuerriemen zu bedienen.

Die Waljungen warteten bei einer tiefen Stelle auf ihre Eltern.

»Folgt mir!« rief Rëu ihnen zu. »Schwimmt hinter unserem Boot her!«

Die Wale schlossen sich dem Boot an. Sie freuten sich wie immer über die Begegnung mit dem Vater und der Mutter.

Rëu lenkte das Boot in die Meerenge.

Nau schaute schweigsam auf die ihnen folgenden Jungen. In einiger Entfernung hoben sie die Köpfe aus dem Wasser, und in ihren Augen, den leuchtenden und klaren, sah Nau unbeschreibliche Zärtlichkeit und Kindestreue. Wärme erfüllte ihre Brust, und gerne wäre sie ins Wasser getaucht und Seite an Seite mit ihnen den weiten Wasserweg ins offene Meer hinaus geschwommen, der neuen Heimat entgegen.

Die Walkälber verweilten kurz in der Meerenge, als

wollten sie Abschied nehmen von ihrer Wiege – der Lagune.

Vor ihnen erstreckte sich das Meer – weit, mächtig, tief, voll von neuen Geheimnissen, Freunden und Verwandten.

Schon von weitem erkannte Nau Rëus Brüder, die ihre Verwandtschaft bereits erwarteten.

Kaum hatten die Kinder die Lagune verlassen, kamen die Wale auf sie zugeschwommen und umkreisten sie, jubelnd mit Wasserfontänen posaunend.

»Jetzt habe ich keine Angst mehr um sie«, sagte Rëu. »Sie sind in ihrem heimischen Element, unter nahen Bekannten und Verwandten.«

Traurig blickte Nau ihren ins Meer hinausziehenden Kindern nach.

»Sei nicht traurig«, sagte Rëu und berührte sie an der Schulter. »Wir werden wieder Kinder haben ... Und Kinder, wenn sie erwachsen sind, treten immer aus dem elterlichen Nest in das eigene Leben.«

Rëus und Naus Kinder kamen noch oft zum Ufer, um ihre Eltern zu sehen. Mit ihrem ganzen Wesen zeigten sie, daß sie sich wohlfühlten im Meer und frei und daß sie Vater und Mutter gedachten.

Als am Horizont die ersten Streifen des Eises zu sehen waren, gebar Nau Zwillingsbrüder. Sie lagen zu beiden Seiten der glücklichen Mutter und schrien aus vollem Halse.

Rëu beugte sich über die Neugeborenen und betrachtete sie eingehend. Es war schwierig, von seinem Gesicht abzulesen, ob er zufrieden war oder nicht.

Erst gestern waren die Ältesten fortgegangen in wärmere Breiten, wo sie fern der scharfkantigen Eisschollen und der tödlichen Kälte überwintern würden. Die ganze Familie war mit ihnen gekommen, um sich zu verabschieden; lange tummelten sie sich direkt am Ufer und erschreckten dabei die Scharen der Zugvögel.

Das Ufer entvölkerte sich. Mit unheilverkündendem Knacken über den Boden der Untiefen schabend, rückte das Eis auf es zu. Der Wind begann sein Tosen, jagte eisigen Regen, der sich vor den Augen in Schnee verwandelte, über die Kiesel des Kaps.

In der Hütte brüllten zwei Jungen, erfüllten die nahe Umgebung mit Menschenstimmen, die sich mit dem Heulen des Windes verwoben.

Nau beugte sich über die beiden, und aus irgendeinem Grunde kamen ihr die stummen Erstgeborenen ins Gedächtnis, welche als Wale geboren worden und ins weite Meer hinausgeschwommen waren. Welch ein Glück, Mutter zu sein!

Rëu baute eine große Jaranga.

In einem Halbkreis ordnete er Holzstreben an und spannte darüber eine ungeteilte Walroßhaut. Danach errichtete er ein kegelförmiges Dach, das er gleichfalls mit einer Haut überzog. Sie war noch frisch und nicht gedunkelt, so daß Tageslicht durch sie ins Innere drang. In diesem warmen gelben Licht war es gemütlich. Doch damit es richtig warm werden konnte, mußte noch ein Polog gefertigt werden. Nau nähte ihn aus dem Fell eines Eisbären.

Die ledernen Tuesoks und hölzernen Kübel waren gefüllt mit Walroßfett, ausreichender Vorrat an Fleisch ruhte im Erdspeicher. Vor ihnen lag der Winter, doch die Menschen fürchteten ihn nicht, denn sie waren ja nun schon mehrere an der Zahl auf dem schneebedeckten Kap der Kiesel im vom Eis gebundenen Walfischmeer.

Im Frühjahr kamen zu den Ufern des Kaps der Kiesel wieder die Wale geschwommen. Nau zeigte auf sie und sprach zu ihren beiden Jungen: »Dort schwimmen eure Brüder!«

Die Walbrüder kamen nahe ans Ufer geschwommen, stießen mit den Köpfen beinahe gegen die Kiesel. Sie planschten im Wasser, tauchten unter und plötzlich wieder auf und bespritzten Nau und die Jungen mit warmem Wasserstaub.

Die Jungen hielten sich häufig am Ufer auf, und manchmal mußte die Mutter sie mit Gewalt von der Brandung fortziehen.

Sie kehrten naß von Kopf bis Fuß nach Hause zurück; Nau trocknete die Kleidung der Kinder, nähte neue Torbassen und Kuchljankas, denn die Kleinen verschlissen sie unglaublich schnell.

Die Wale begleiteten Rëu und halfen ihm oft, wenn der Fang schwer war und das Boot sich kaum vom Fleck bewegen wollte.

Die Wale und Menschen sind ein Volk!
Vereinigt, gebaren das Meer und
Die Erde den Menschen; sein Jagdplatz
Sind Wellen, der Abgrund des Meeres,
Und winters die Berge aus Eis.

Rëu sang, und die Jungen lauschten mit angehaltenem Atem seiner kraftvollen Stimme, die fern aus dem Meer bis zu ihnen drang.

Erstarrt sind die Wellen des Meeres,
Verwandelt zu Hügeln der Tundra,
Bewachsen mit Gräsern und Beeren;
Und alles, was lebt in der Tundra,
Das findet den Bruder im Meere…

Die Jungen gingen näher ans Wasser und stimmten in den Gesang des Vaters ein:

Die Wale und Menschen sind ein Volk!
Sind Brüder des Meeres, der Erde!
Und geboren zur ewigen Freundschaft!

Die Menschen schleppten die Beute an Land, zerlegten sie; und die Möwen kreisten mit lautem Jubelgeschrei über den Fleisch- und Fettstücken. Eine Welle plätscherte leise um die Füße, leckte das Blut auf; und in der Ferne glitzerten die Walfontänen und schmückten, die Strahlen der Sonne zerstückelnd, den Himmel.

Zahllose Winter und Sommer lösten einander ab. Die erstgeborenen Söhne wuchsen heran, andere Kinder wurden in dieser Gemeinschaft, welche das Kap der Kiesel besiedelte, geboren, doch Wale waren keine mehr darunter.

Im frühen Frühjahr, wenn der scharfe Südwind das Festeis gerade erst vom Ufer abgetrennt hatte, begrüßte der, welcher als erster am Horizont die Walfontänen sah, diese mit freudigen Rufen: »Die Brüder kommen! Unsere Brüder kommen zu uns geschwommen!«

Alt wurden Nau und Rëu, doch es wuchsen Menschen heran, die sie geboren und genährt hatten. Und nicht nur Männer waren unter ihnen, sondern auch Frauen.

Neben der ersten standen andere Jarangas, brannten neue Feuerstellen, und der reine Stein wurde bedeckt vom Ruß des Feuers, das Menschen entzündet hatten.

Alt war Rëu geworden. Schon fuhr er nicht mehr auf das Meer hinaus; zur Jagd gingen statt seiner die Söhne – kraftvolle und mutige Menschen.

Sie trugen Namen, durch die man sie unterscheiden konnte, denn sie sahen einander so ähnlich, wie sich auch ihre Vorfahren – die Meeresriesen – zum Verwechseln ähnelten.

Die beiden Ältesten nannte man Tynen, Morgenrot, und Tynewiri, der von der Morgendämmerung Hinabsteigende. Auch den anderen Söhnen gab man Namen, die sich nach ihrem Charakter richteten oder nach einem Ereignis, das sich zur Zeit ihrer Geburt ereignet hatte. Einen nannte man Wukwun, Stein, einen anderen Krealgin, nach dem Namen des Nordostwindes, der am Tag seiner Geburt mit besonderer Kraft geblasen hatte... Und auch den Mädchen gab man Namen: Tynena, Morgenröte, Tutyna, Licht der Dämmerung...

Doch der Herbst tritt nicht nur in die Natur, sondern auch in das Leben eines Menschen. Rëu bat Nau, ihm Hosen aus weißem Kamus, dem Winterfell an den Beinen eines ausgewachsenen Rens, zu nähen. Das bedeutete, der Greis bereitete sich vor, durch die Wolken zu gehen und für immer diese Welt zu verlassen.

An einem trüben Tag, als der Regen gegen die feuchten Dächer aus Walroßhaut schlug und der Wind, sich Einlaß in die Wohnstätten suchend, die Wände abtastete, versammelte Rëu seine Kinder.

»Es steht mir bevor, euch bald zu verlassen, für immer«, sprach er ruhig und schaute dabei jeden einzelnen an, verweilte für einen Augenblick bei jedem Gesicht. »Sobald sich die Wolken auflösen und der Weg in den klaren Himmel frei ist, werde ich auf die weite Reise gehen... Doch bevor ich euch verlasse, möchte ich mit euch reden... Das Wichtigste ist: Vergeßt niemals, daß ihr machtvolle Anverwandte habt im Meer. Auf sie geht eure Herkunft zurück, und ein jeder Wal ist euer Verwandter, euer leiblicher Bruder. Dem andern ein Bruder sein – das bedeutet nicht, ihm äußerlich ähnlich sein. Die Brüderlichkeit liegt in anderem begründet. Wenn ihr auf die hohen Felsen über dem Meer steigt, seht ihr auf deren Spitze Teile von Steinen, von denen viele an Menschen erinnern. Dennoch kommt euch nicht in den Sinn, sie eure Brüder zu nennen und eure Herkunft abzuleiten vom kalten Gestein ... Wir sind auf die Erde gekommen, denn es gibt eine höchste Offenbarung des Lebens – die Große Liebe. Sie hat uns zu Menschen gemacht, hat mich zu einem Menschen werden lassen. Und wenn ihr einander liebt und eure Brüder liebt, werdet ihr immer Menschen bleiben ... Die Liebe ist allgegenwärtig. Ich denke, daß wir in dieser Welt nicht die einzigen sind. In den alten Überlieferungen aus dem Geschlecht der Wale wird von solchen wie mir gesprochen ... Es ist möglich, daß es irgendwo andere Kaps der Kiesel gibt, auf denen Jarangas stehen und eure Brüder Seehunde fangen, Walrosse jagen und Lieder singen über das Meer ... Suchet euch Brüder und lasset ihrer viele werden, denn nur geeint werdet ihr stark sein ... Und um noch etwas möchte ich euch bitten: Vergeßt nicht, mein Weg durch die Wolken führt durch das Meer ...«

In diesem Jahr versammelten sich an den Ufern des Kaps der Kiesel ungewöhnlich viele Wale, als wollte jeder von ihnen Abschied nehmen von ihrem Verwandten, der durch die Wolken ziehen würde. Sie näherten sich dem Ufer, wo Rëu schweigend saß. Manchmal setzte sich Nau zu ihm, und sie erinnerten sich an ihre Jugend, als auf dem öden Ufer die Große Liebe den Wal und den Menschen zusammengeführt hatte.

Rëu gedachte all derer, die nach ihm im Meer und auf dem Ufer bleiben würden. Nein, er klagte sein Los nicht an. Gewiß, er war glücklich, daß es gerade ihm zugefallen war, Mensch zu werden und die Große Liebe zu erkennen, von der die alten Wallegenden erzählten. Und alle hatten gedacht, was mit Rëu geschehen war, trüge sich nur in den Märchen zu... Das heißt – Märchen sind Wahrheit, an die zu glauben man manchmal vergißt...

Die ganze Welt mit all ihrer Schönheit und Zärtlichkeit hat ihren Platz gefunden in dieser Frau, deren Herz weiter ist als der Himmel und deren innere Wärme sich messen kann mit der Wärme der Sonne.

Sie war es, die Rëu zum Menschen hatte werden lassen durch ihre Große Liebe.

Die Jahre hatten ihr schwarzes Haar mit Schnee bedeckt und Furchen in ihr Gesicht gegraben. Doch mit ihrer jetzigen Schönheit war sie noch immer einzigartig.

Wie warm wird dir in der Brust, wenn du auf sie schaust und ihr Gesicht siehst. Schon allein der Gedanke, daß sie ist, daß es sie gibt auf der Welt, erfüllt das Herz mit Zärtlichkeit und Dankbarkeit... Aber sie wird bei den Kindern bleiben. Dann jedoch wird eine Zeit kommen, da sie sich mit ihm vereint in der Ewigkeit.

»Schön war es mit dir«, sagte Rëu.

Er entschlief, als das Meer schon erstarrte und die ersten feinen Schneeflocken die Risse und Spalten zwischen dem Eis bedeckten.

Die Söhne vollzogen das Ritual des trauervollen Abschieds.

Feierlich kleideten sie Rëu in weiße Leichengewänder, banden ihm den Malachaj fest um den Kopf und entzündeten ein Feuer auf der Schwelle zu seiner Hütte. Sie trugen den Körper des Verstorbenen über das reinigende Feuer und legten ihn auf einen Schlitten. Vor diesen spannten sich die Söhne. Der Schlitten, unter dessen Kufen der frische Schnee knirschte, bewegte sich zum Meer hin.

Nau, bekleidet mit einem Kerker aus dunklem Pelz, stand an der Wand der Jaranga und geleitete mit trauerndem Blick ihren Mann in die Ewigkeit.

Sie weinte nicht. War Rëu doch bis ans Ende seines Weges und mit der Würde, die einem Menschen gebührt, von ihnen gegangen, nachdem er all seine irdischen Aufgaben vollbracht hatte.

Ein klarer Tag stand über dem Kap der Kiesel; die kalte Wintersonne beschien nur spärlich die den Beerdigungsschlitten Ziehenden, die das Packeis am Ufer hinter sich ließen und der ebenen Eisbank entgegenschritten, wo schon ein großes Loch in das Eis geschlagen worden war.

Nau folgte ihnen mit den Augen.

Ungewollt lief eine Träne über ihre Wange, ließ ihre Haut kalt werden, fiel von der Ober- auf die Unterlippe, und ihr Geschmack glich dem eines winzigen Eisstückchens aus dem salzigen Meer. Wie ist die Welt großartig und traurig! Mit deinen Gedanken versuchst du, die Ausmaße eines Lebens zu ermessen von der fernen Vergangenheit an, deren Beginn du nicht mehr erinnerst, und die Zukunft verliert sich im Nebel dieser anderen, jenseits der Wolken gelegenen Welt, in der noch niemand weilte, wo es weder den Tod gibt noch die Gegenüberstellung von dieser und jener Welt... Und all das ist – das Leben, welches stärker ist und länger in der Unendlichkeit als das Dasein in dieser Welt... Wie ist die Welt großartig und traurig!

Die Söhne zogen schweigsam den Schlitten, sie versuchten zwischen aufgetürmten Eisblöcken einen ebenen Weg zu wählen, damit nichts den für immer entschlafenen Körper erschüttere.

Das Wasser an den Rändern des Beerdigungsloches stieg und sank und verriet so das erregte Atmen des Meeres, als verstünde dieses, und mit ihm die Tiefe des Wassers, wo Rëu den ersten Hauch seines Lebens erhalten hatte, was vor sich ging. In dem Loch formte sich eine breiige Masse aus Eis. Einer der Söhne ergriff eine Schöpfkelle, die aus dem festen Geweih eines Rens gefertigt und mit Riemen aus Bartrobben-Leder umwickelt war. Als er das Schlammeis abgeschöpft hatte und das grüne, in der Tiefe fast schwarze Wasser klar vor ihm lag, hielt er inne und blickte seine Brüder an.

Wortlos banden sie den Körper des Vaters los und legten ihn auf das Eis, mit den Füßen zum Wasser.

Nachdem sie so einige Zeit gestanden hatten, gaben sie dem Körper einen leichten Stoß, und er glitt unerwartet leicht und schnell ins Wasser.

Dem Körper schickten sie den Schlitten nach, der sofort versank, als sei er nicht aus leichtem Holz, sondern aus schwerem Walroßbein gefertigt.

Der älteste der Brüder näherte sich dem Wasser und warf einen Blick in die Tiefe. Dort spiegelte sich der Himmel, und Rëus davongleitendes lächelndes Gesicht war zu sehen – als sende er seinen auf der Erde verbleibenden Söhnen einen Abschiedsblick zu.

Und am Himmel, tief über dem Horizont, leuchtete die Sonne. Stille war in der Natur, als halte alles Existierende, alles Lebende den Atem an in Staunen und Ehrfurcht vor der Großen Liebe.

Zweites Kapitel

I

Enu saß am Feuer und hörte Nau aufmerksam zu. Über ihre Erzählungen von der wundersamen Abstammung des Küstenvolkes zu lachen, war seit einiger Zeit Gewohnheit bei den Bewohnern des Kaps der Kiesel und der umliegenden Siedlungen. Die Greisin war zur örtlichen Sehenswürdigkeit geworden, und unter anderen Neuigkeiten, die Reisende austauschten, berichtete man auch von der Gesundheit dieser seltsamen Alten, von ihren Erzählungen und Belehrungen.

Allerdings zeigte Enu nicht, daß er der alten Nau nicht glaubte. Ja, und wer weiß, vielleicht hat sie recht, obgleich sie äußerst unglaubwürdige Dinge berichtet: Sie sei die Frau eines Wales gewesen in ihrer frühen Jugend und als ihre ersten Kinder habe sie Wale geboren. Niemand weiß, wie alt sie ist. Selbst steinalte Greise bekräftigen, daß sie Nau in ihrer eigenen Jugend schon als Greisin hohen Alters kannten, mit eben diesen bis zum Überdruß bekannten Erzählungen über die Abstammung des Küstenvolkes vom Wal.

Überhaupt kannte Enu alles, was Nau erzählte, schon seit seiner Kindheit.

Eingehend betrachtete er das runzlige, einer gegerbten Walroßhaut gleichende Gesicht der Alten, ihre erstaunlich hellen und tiefen Augen, die das Grün der Meerestiefe verströmten, und ihm wurde unwohl zumute.

Nau hatte keine eigene Behausung. Sie kam in eine

beliebige Jaranga auf dem Kap der Kiesel, richtete sich ein, als sei es ihr Zuhause, und wohnte dort einige Tage, ja manchmal auch Monate. Sie behauptete, daß alle Menschen ihre Nachfahren seien. Wer weiß, vielleicht ist dem wirklich so? Niemandem kam es je in den Sinn, der alten Nau Obdach oder Nahrung zu verweigern. Aber wenn sie fortging, um in einer anderen Jaranga zu leben, atmeten die Menschen erleichtert auf und hielten sie nicht zurück.

Trotz seiner Jugend galt Enu in der Siedlung als ein sehr weiser Mensch. Er wußte alles, was ein Mann wissen mußte, der heilen und das Wetter voraussagen konnte und der die alten Legenden und Bräuche hütete. Doch eines konnte Enu nicht mit Bestimmtheit sagen: ob die alte Nau die Wahrheit erzählt über die Abstammung des Küstenvolkes. Ja, die Menschen des Kaps der Kiesel betrachten die Meeresriesen als ihre möglichen Vorfahren, aber Wale und Menschen unterscheiden sich sehr voneinander. Nicht nur, daß die Wale im Wasser leben, sie sind zudem noch ungeheuer groß und verfügen über keine Sprache, nicht einmal über eine Stimme... Solche Vorfahren anzubeten ist irgendwie unangenehm. Laut allerdings sprach niemand seine Zweifel aus, und die kultische Verehrung der Vorväter aus dem Geschlecht der Wale wurde schon über viele Generationen hin befolgt.

Die alte Nau schaute mit unergründlichen Augen ins Feuer, und Enu sah, wie der Widerschein der Flammen in deren unendlicher Tiefe ertrank.

»Durch mich«, fuhr Nau mit dumpfer Stimme fort, »vereinten sich die Erde und das Meer, in mir wurde der Mensch so geboren, wie er hier und heute lebt.«

»Und was ist mit dem Wort?« erkundigte sich vorsichtig Enu. »Was ist mit dem Denken?«

»Als ich jung war und wie ein neugeborenes Ren über

die kalten, wassergetränkten, federnden Bülten der Tundra lief, dachte ich auch nicht darüber nach, wer ich sei – Polarfuchs, Vogel, Wolf oder Vielfraß?... Es war mir gleichgültig, wer ich war, bis Rëu zu mir geschwommen kam und mich sehend machte durch die Große Liebe. Die Große Liebe selbst war ein Geheimnis, denn wir wußten nicht, von wo sie zu uns gekommen war. Und das Geheimnis gebar den Gedanken. Denn solange es ein Geheimnis gibt, wird der Mensch immer versuchen, es zu lösen, und wird der Verstand arbeiten...«

Nau verstummte.

»Solange es ein Geheimnis gibt, bleibt also auch der Verstand lebendig?« fragte mit höflicher Stimme Enu.

»Ja«, erwiderte Nau.

»Und woher kommt das gesprochene Wort? Wie hat der Mensch sprechen und sich den anderen mitteilen gelernt?« fuhr Enu zu fragen fort.

»Rëu und ich wollten sehr gern miteinander reden. Und so haben wir auch zu sprechen begonnen...«

Enu schaute Nau mit ungläubigem Gesichtsausdruck an: Irgendwie war das etwas zu einfach.

»Die Dinge leben unabhängig vom Menschen, mit ihren Bezeichnungen und Namen«, fuhr Nau fort. »Aber das Wort kommt, unter allen Lebewesen auf der Erde, nur zum Menschen. Und die Sprache macht uns zu Menschen...«

Enu lauschte den Worten der alten Nau nicht nur mit dem Verstand, sondern auch mit seinen Gefühlen. Es lag tatsächlich etwas Wichtiges, Weises in ihren Worten. Die Welt war für sie im Kern immer eins geblieben. Das allerhöchste Wesen für sie war immer der Wal...

»Und woher tauchten die anderen Götter auf?« forschte Enu vorsichtig nach.

»Andere Götter existieren nicht in der Natur«, antwortete Nau zornig. »Die Menschen haben sie sich ausgedacht. Aus Angst vor dem Geheimnis. Wenn ihnen der Wunsch fehlt, das Geheimnis mit dem Verstand zu erfassen, fangen sie an, sich Götter zu schaffen. Es gibt so viele Götter wie Geheimnisse, und auf sie läßt sich leicht alles abwälzen. Wenn ein Mensch schwach ist, so erklärt er dies oft mit dem Eingreifen rätselhafter Mächte. Und manchmal beginnt er sogar, ihnen seine Kraft zuzuschreiben... Das ist des Menschen nun wirklich ganz unwürdig!«

»Und trotzdem verehren wir den Wal als unseren Urvater«, erinnerte Enu.

»Der Wal ist kein Gott«, sprach Nau entschieden. »Er ist nur unser Vorfahr und Bruder. Er lebt einfach an unserer Seite, bereit, uns zur Hilfe zu eilen.«

Enu ging am Ufer des Meeres entlang, aufgewühlt von dem Gespräch mit der Greisin. Er bückte sich, hob Reste von Seegras auf und kaute gedankenversunken darauf herum. Der feuchte, vom scharfen Geruch der Algen, Vögel, Fische und Tiere getränkte Meerwind störte seine Gedanken. Eine unerbittliche und erschreckende Wahrheit ist in den Worten der alten Nau zu spüren, wenn sie sagt, der Mensch habe sich eine Vielzahl von Göttern aus Furcht vor dem Unbegreiflichen und Unbekannten geschaffen. Dem zuzustimmen macht angst, doch zugleich ist es verlockend. Aber was sollte dann aus den festen Bräuchen werden? Dem Gewohnten zu entsagen ist schwer, und erst recht den Göttern... Sein kluger Menschenverstand sagte ihm, daß man die Vorstellungen der Menschen nicht unvermittelt verändern darf, selbst wenn sie falsch sind...

Die alte Nau... Ihr Name ist legenden- und gerüchteumrankt und umhüllt von Geheimnissen... Sie sagt,

Geheimnisse setzen den menschlichen Verstand in Bewegung. Darin hat sie recht. Aber der Verstand ist so seltsam beschaffen, daß er sich oft mit vorgefertigten Lösungen zufriedengibt, mit dem Anschein von Wahrheit, mag dieser auch brüchig sein und voll zahlreicher Lücken, zweifelhaft und widersprüchlich.

Wie lange wohl lebt Nau schon auf der Erde?

Sie sagt, ganz am Anfang sei sie völlig allein gewesen und habe nicht gewußt, wer sie sei – Polarfuchs, Wolf, Vielfraß oder Hörnchen... Ja, vielleicht war sie damals irgendein Tier? Das wäre durchaus möglich und stimmte mit den alten Legenden über die Verwandtschaft der Menschen mit verschiedenen Tieren überein.

Doch ihr Zusammenleben mit einem Wal...

Mit dem Wal, der sich durch die Macht der Großen Liebe in einen Menschen verwandelt habe.

Und außerdem: Im Gedächtnis des Volkes ist eine Vielzahl von Erzählungen darüber bewahrt, wie Wale den Menschen der Küste bei der Nahrungssuche halfen, bei der Jagd, und sie vor Unglück schützten. Diese Erzählungen zieht niemand in Zweifel. Doch die Verwandlung eines Wales in einen Menschen... Warum geschieht das nicht mehr? Immerhin: ein Jäger, der auf einer Eisscholle fort ins Meer getragen wird, verwandelt sich ja in einen Werwolf. Lange trägt es ihn fort auf dem Eis, Wind und Wetter zerfetzen seine Kleider, und schließlich ist er splitternackt in der Kälte. Aber die Natur läßt ihn nicht sterben. Manchen wächst plötzlich ein Fell am ganzen Körper, kurz und rauh wie das der Bartrobben, sie nehmen Züge der Robben an, verlieren die Fähigkeit zu sprechen, und überleben... Dann streifen sie in der Nähe von menschlichen Wohnstätten durch die Tundra. Sie stehlen Nahrung, wobei sie die unterirdischen Vorratskammern für Fleisch zerstören, und rauben das Trockenfleisch von den Haken. Es kommt auch vor, daß sie über Frauen herfallen. Dann werden seltsame Menschen geboren, mit dichtem Haarwuchs im Gesicht, auch stumm und taub oder blind. Von einem Wal aber hat nie wieder irgendeine Frau ein Kind geboren auf diesem Ufer...

Und doch stammt aus dunkler, längst versunkener Zeit die Verehrung der Wale und das angstvolle wie geheiligte Verhältnis zu diesen Meeresriesen. Ja, und wie sollte man sie nicht verehren und anbeten, jene, deren ungeheuer großer Körper die Wellen hoch erhebt und deren Atem aufsteigt in die Lüfte? Alle anderen Meerestiere versuchen, sich so weit wie möglich vom Menschen entfernt zu halten, sie fürchten ihn, aber die Wale schwimmen niemals davon, wenn die ledernen Boote sich ihnen nähern. Im Gegenteil, sie bemühen sich, in der Nähe zu bleiben, und Enu war mehr als einmal Zeuge, wie Wale die Jäger zu Plätzen führten, die reich an Robben und Walrossen waren.

Trotz allem glauben, soweit Enu es herausfinden konnte, die Bewohner des Kaps der Kiesel nicht fest und vorbehaltlos an die Erzählungen der alten Nau über ihr Leben mit dem Wal. Dies ist ein Märchen, erfunden von einer Greisin, deren Geist sich verwirrt hat. Gleichwohl herrscht ein stillschweigendes Abkommen unter allen: niemals Nau selbst gegenüber einen Zweifel äußern. Dies wäre Frevel...

Die alte Nau beschäftigte sich nicht mit Medizin und Weissagung, aber wenn sie jemand um Hilfe bat, sagte sie niemals nein. Sie heilte nur mit Kräutern und Kraftbrühen, die sie mit Wurzeln verfeinerte, ihre Voraussagen erstaunten durch Genauigkeit, die den Menschen aus irgendeinem Grunde Furcht einflößte. Vielleicht weil sie genauso gleichmütig Unglück wie kommende Freude ankündigte. Da sie die Wahrheit nicht verbarg, gab es nur wenige, die sich an sie wenden mochten. Im Gegenteil, man fürchtete sich vor ihrer spitzen Zunge und vermied es, mit ihr über Wichtiges und Bedeutendes zu sprechen; in solchen Fällen verließ man sich lieber auf Enu, der sowohl durch ausweichende Antworten beruhigen als auch durch verschwommene, unbestimmte Versprechungen Hoffnung einflößen konnte.

Wie lange lebt Nau schon auf der Erde?

Oder ist sie ewig wie die Felsen, die Hügel und die steinigen Ufer? Sie ist aber doch auch gealtert... Das heißt, Leben und Zeit haben Spuren in ihr hinterlassen. Wenn sie sich an die Zeit der ersten Menschen erinnern kann, wie alt muß sie da sein, haben die Menschen heute doch die gesamte Küste und die Tundra besiedelt...

Nau erzählt, daß, als Rëu noch lebte, das Ren wild gewesen sei und man es aus dem Hinterhalt jagen mußte. Heutzutage jedoch weiden die Rentierherden friedlich, und der Mensch zieht ihnen hinterher, ohne sich zu verbergen. Die Menschen verwenden das Ren sogar zur Fortbewegung, indem sie es vor ihre Schlitten spannen. Auch Schlittenhunde habe es damals nicht gegeben, behauptet Nau, nur ihnen ähnliche Wölfe seien durch die Tundra gestreift, hätten Fleisch aus den Erdspeichern geraubt und mit schrecklicher Stimme in den stillen Mondnächten geheult.

Das Meer schlug an die Ufer, das rätselhafte, riesengroße, das in den Liedern Walfischmeer genannt wurde.

Dort in den Tiefen ist ein anderes Leben, das sich von dem auf dem Festland unterscheidet, und seine Anzeichen dringen spärlich zu den Küstenbewohnern – gallertartige Quallen, rote Seesterne mit stacheliger Haut, Muscheln, winzige Krebstierchen und Mollusken.

Aber die Welt der Sterne und des Himmels ist genauso rätselhaft!

Der winterliche Sternenhimmel, wenn von irgendwoher das Himmelsfeuer auftaucht, das Polarleuchten, läßt die Seele beben und flößt dem Herzen ehrfurchtsvollen Schrecken ein. In der hellen Scheibe des Mondes sind bald menschliche Gesichter, bald Schatten entschlafener Verwandter zu sehen, dann wieder lebende Menschen, die ebenso auf Jagd gehen und wie die Bewohner der Erde essen. Kann man sich bei allem dem nicht in Gedanken verlieren über die Vielfältigkeit der Welten und darüber, wie diese von unbekannten, rätselhaften Kräften durchdrungen sind, die sich Kelet-Götter nennen?

Ja, sollen die Wale ruhig unsere Vorfahren bleiben, doch auch die anderen Götter dürfen nicht übergangen werden.

Nicht jedem ist es gegeben, eine rätselhafte Kraft zu spüren und großes Wissen zu besitzen. Das Schicksal wählt aus der Vielzahl der Menschen besondere aus und verleiht ihnen die Gabe der Erkenntnis, und sie können nicht nur in das Wesen der sie umgebenden Dinge dringen, sondern auch die Grenze des Verständlichen überschreiten. Vielleicht kann der Auserwählte selbst auch vieles nicht erklären, aber seine Fähigkeit zu Vorahnung und Vorsehung ist ein großer Wert an sich, der den Menschen zugute kommen muß.

Aber wie sich zu Nau stellen?

Ein Nachfahr des Wales zu sein ist ehrenvoll und edel; es erhöht den Menschen, macht ihn stolz und gibt ihm den Wunsch, so stark und unabhängig zu sein wie diese riesigen Meerestiere. Doch der Glaube an den Wal muß ehrfurchtsvoll sein und von einem gewissen Geheimnis umhüllt. Zu diesem Geheimnis kann nur der Würdige und vom Schicksal Erwählte Zugang haben. Und je mehr

Unverständliches sich in der finsteren Vergangenheit birgt, um so höher steht der, welcher vieles erklären kann.

In diesem Fall wäre Nau der Mensch, dem Ehre bezeigt werden muß. Doch er muß sich der Stellung würdig erweisen, die das Schicksal ihm zugewiesen hat. Nicht nur das Antlitz, sondern auch die Art zu leben, das Auftreten sollen dem entsprechen.

Aber Naus Verhalten stößt die Menschen nur ab. Wozu einen jeden in Einzelheiten einweihen, die nur seinen Glauben an die Abstammung der Menschen vom Wal erschüttern? Wozu davon erzählen, was Rëu gerne aß und wie er schnarchte des Nachts? Wozu völlig Unglaubhaftes behaupten: daß Nau selbst Walkälber geboren habe und unter den im Meere Schwimmenden ihre, Naus, unmittelbare Abkommen seien... Wozu sagen, was die Menschen verärgert, und es täglich bekräftigen?

Ja, soll die Verwandtschaft des Menschen mit dem Wal ruhig eine ferne Wahrheit sein, doch diese Wahrheit muß erhaben und großartig, nicht jedem zugänglich und ohne Einzelheiten sein, die sie herabsetzen. Sie muß weithin leuchten wie die Gipfel der fernen Berge.

Wie sich zu Nau stellen? An allem läßt sich erkennen, daß Nau nicht mehr lange leben wird. Sie ist wahrhaftig alt. Aber was erstaunt: Sie klagt niemals über ihre Gebrechen, hustet nicht, keucht nicht wie andere Alte.

Aber sie kann doch nicht ewig sein!

Enu blieb stehen, seinen Blick ins Meer vertiefend.

Er sah, wie an der schäumenden Brandungslinie, nah bei der gebeugten Gestalt, an der man die alte Nau von weitem erkennen konnte, sich zwei Wale tummelten, wie sie, die Köpfe weit aus dem Wasser hebend, zischend, als Regenbogen erblühende Wasserfontänen ausstießen.

II

Die Jäger fuhren weit hinaus aufs Meer.

Der kräftige Wind sang in den Segeln aus feinem, in starkem menschlichen Harn gegerbtem und gebleichtem Seehundleder.

Wachsamen Auges suchten die Jäger die Oberfläche des Meeres ab, bemüht, den runden Kopf eines Seehundes oder einer Bartrobbe auszumachen oder den schnauzbärtigen eines Walrosses.

Am Bug saßen zwei Harpuniere, die langen Waffen mit ihren scharfen Spitzen aus gut polierten Obsidian-Platten – aus Lavaglas – auf den Knien.

Die Spitze war auf äußerst findige Weise gefertigt: Wenn sie in die Haut des Meerestieres eindrang, sprang sie vom Schaft ab; unter der Spannung des Riemens drehte sie sich in der Wunde quer und blieb fest stecken, so daß die Beute gewissermaßen an die Leine genommen wurde.

Am Heck saß Enu, bekleidet mit einem wasserundurchlässigen Mantel aus sorgfältig gegerbten Walroßdärmen. Der gelbliche raschelnde Mantel schützte gut vor jeder Art von Feuchtigkeit, besonders der des Meeres, die salzig war, so daß die Unterkleidung aus flaumartigem, im Frühherbst abgenommenem Rentierfell trocken blieb. Mit der einen Hand hielt Enu das Steuerruder, mit der anderen den am Segel befestigten Riemen. Mit Hilfe des Steuers und des Segels lenkte Enu geschickt das Boot und konnte sogar gegen den Wind die Geschwindigkeit beibehalten.

Um diese Zeit war das weite Meer sehr belebt: Die an ihren sommerlichen Nistplätzen aufgefütterten Vogelscharen versammelten sich, um mit einer neuen Generation in unbekannte Länder zu fliegen.

Enu nahm an, daß dort, wohin sie sich begaben, der Sommer kein Ende nahm, daß es dort die Winterkälte nicht gab und allem Anschein nach auch das Meer nicht gefror.

Wenn man den Flug der Vögel und den Weg der fortziehenden Wale beobachtet, so ist leicht zu sehen, daß sie alle die Richtung der Mittagssonne nehmen. In der Mitte des Winters zeigt der rote Dämmerungsstreifen, daß die Sonne eben dort verweilt... Dorthin also ziehen, der Sonne folgend, die Vögel und Wale und anderen Meerestiere. Wenige bleiben, um während der langen kalten Monate hier zu überwintern...

Was mag das nur für ein Land sein, wo zur Winterszeit das Meer nicht zufriert? Und plötzlich kam eine Vermutung auf in Enu: Wenn die Sonne zurückkehrt auf unsere Erde, dann verläßt sie doch jene dort, und das bedeutet, daß an dieser die Reihe der winterlichen Kälte ist!

Er wollte schon den Mund öffnen, um den Kameraden von seiner Entdeckung zu erzählen, aber er verzichtete darauf: wozu auch? Sie verstehen doch nicht die ganze Tiefe dieser Entdeckung. Denn, wenn man weiterdenkt, muß es doch möglich sein, indem man der Sonne folgt und mit ihr zurückkehrt, im ewigen Sommer zu leben, genau so, wie es die Wale machen... Enu brach vor Aufregung in Schweiß aus. Da ist es – das menschliche Glück: im Weg zu stetiger Wärme. Ist doch die größte Sorge des hiesigen Menschen, sich vor dem tödlichen Atem der Kälte zu schützen. Kaum beginnt der Sommer, da schleppen die Frauen die winterlichen Pologs vor die Tür und beginnen, sie auszubessern, auf die abgewetzten Stellen neue Flicken aus Eisbärenfell zu nähen. Gegen den Herbst hin sammeln sie trockenes Gras und legen damit den Polog aus, damit die warme Luft sich in der Wohnstatt länger halte. Aber das Wichtigste ist das Feuer, das man immer in einem Tranlämpchen erhalten muß. Die Wärme – das ist das Leben, und der, welcher den Weg weiß zu ewiger Wärme, ist ein wirklicher Retter der Menschheit...

Mit seinen Überlegungen beschäftigt, hatte Enu das Interesse an der Jagd vollkommen verloren.

Wie seltsam ist das menschliche Denken angelegt: Man mußte nur auf einen vernünftigen Gedanken stoßen, und schon zog er einen zweiten nach sich und dieser einen dritten. Wenn man die Dauer der Kälteperiode in Betracht zieht, die sehr lange währt im Vergleich zu einem kurzen Sommer, so muß die Sonne bedeutend länger auf der Seite des Mittags verweilen als auf den hiesigen Ufern. Folglich ist dort der Sommer länger und der Winter kürzer!

Man müßte den Weg dorthin finden, den Weg zur lange anhaltenden Wärme!

Mit schweißnasser Hand umklammerte Enu das Steuerruder und verstand nicht sofort, was die Harpuniere ihm zuriefen.

Sie hatten eine Gruppe Walrosse gesichtet und baten, das Boot dorthin zu lenken.

Jäh wendete Enu das lederne Schiff, so daß beinahe Wasser über die sich zur Seite neigende Bordwand geschwappt wäre.

Den Weg zum lange währenden Sommer werden die Wale zeigen. Wenn sie wirkliche Brüder sind, werden sie die Hilfe nicht verweigern.

Vielleicht weiß sogar die alte Nau den Weg? Wie ist sie sonst hierher gekommen? Sie ist doch wohl nicht von einem Stein, einem Wolf oder einem Vielfraß geboren... Vielleicht ist sie eine Bewohnerin der warmen Gebiete, die sich hierher verirrt hat? Und der Wal ist ihr unverhofft zur Rettung gekommen, damit sie nicht stürbe vor Kälte?

Die Gedanken jagten einander, gruppierten sich zu Scharen wie Vögel, stoben auseinander und versammelten sich wieder. Sie regten Enu auf.

Die Walroßfamilie war schon nahe, und wie in einem gigantischen Kessel brodelte das Wasser.

Das Segel wurde eingeholt. Die langen hölzernen Ruder knarrten in ihren Gabeln aus Holz, und das sich ihnen unterordnende Boot strebte der Walroßtruppe entgegen. Die Tiere waren schon ganz nah. Sie wendeten ihre mit riesigen gelben Hauern bewehrten Köpfe und schauten haßerfüllt auf das sich nähernde Boot.

Das Leittier – ein altes Männchen mit abgebrochenem linken Stoßzahn, dessen schrumpelige, verschrammte Haut mit Meeresparasiten übersät war –, wandte sich plötzlich um und schwamm auf das Boot los.

Wahrscheinlich wäre es Enu zu einem anderen Zeitpunkt gelungen, das Boot zu wenden, um dem Schlag auszuweichen. Doch diesmal, abgelenkt von seinen Überlegungen, zögerte er einen kurzen Augenblick.

Enu sah, wie der abgeschlagene Stoßzahn aufblitzte im Boot, zwischen den Beinen des vorn stehenden Harpuniers. Wasser schlug ins Boot, und das lederne Gefährt begann zu sinken.

Entsetzen ergriff die Jäger.

Niemand konnte schwimmen, und die einzige Rettung bestand darin, sich an den aufblasbaren Pychpychs festzuhalten, die zum Glück einsatzbereit waren.

Das wütende Walroß stieß wieder und wieder auf das Boot ein, das nur hilflos erzitterte, während es bis zum Rand im eisigen Wasser versank.

Und das heimische Ufer war weit.

Im Boot waren fünf Mann. Und Pychpychs gab es nur vier. Einen hatten zwei Leute ergriffen – Enu und der Jüngling Kljau, in dessen Augen das nackte Entsetzen stand, wußte er doch bestens, was der Bootsälteste in solchen Fällen tat. Wenn es keine Hoffnung auf Rettung gab, wenn das heimische Ufer nur als hellblauer Dunststreif am Horizont leuchtete, dann zückte der, welcher am Steuer gesessen hatte, sein Jagdmesser, erdolchte die anderen und darauf sich selber... Das wurde so gemacht, um die Menschen vor unnötigen Qualen zu bewahren.

Kljau wußte das und sah vor sich das Gesicht dessen, der als ersten ihn erstechen würde, denn gerade er war näher als alle anderen. Als man sich ins Wasser gestürzt hatte, war keine Zeit gewesen, den Pychpych zu wählen: Es galt, sich zu retten...

Wie wunderbar war das Leben! Selbst diese kläglichen Momente, die noch verblieben bis zum ewigen Vergessen! Was macht es schon, so könnte man meinen, ob man etwas früher oder später erstochen wird, und trotzdem, Kljau wünschte sich, jetzt bei einem anderen Pychpych zu sein, weiter weg von Enu. Die Hand jenes Menschen, der in der Siedlung des Kaps der Kiesel als der weiseste galt, als die Quelle des Wissens und der halb vergessenen Bräuche, zitterte doch nicht? Enu wußte, wie man neugeborenes Leben empfangen mußte und wie einen Toten auf seinem letzten Wege begleiten. Er würde auch wissen, wie unnötige Qualen zu verhindern sind...

Doch Enu zögerte; er konnte sich nicht entschließen, seine traurige Pflicht zu erfüllen. Und doch mußte er es unvermeidlich tun. So oder so, sie würden nicht zum heimischen Ufer gelangen...

Wie unerwartet und einfach geht das Leben zu Ende! Ein anderer wird den Weg zu den nicht zufrierenden Meeren finden, zu jener Erde, wo der warme Sommer lange dauert und die Sonne hoch am Himmel steht, wo die Wale überwintern und die anderen Lebewesen, welche die Wärme lieben.

Enus Kameraden, die von ihrem Schicksal wußten, versuchten, den unvermeidlichen Tod hinauszuzögern, weiter fort zu schwimmen von ihm, indem sie unmerklich seitlich davonpaddelten.

Sollen als erste die vom Leben Abschied nehmen, die älter sind. Dort Ope. Er schaut Richtung Ufer. In seinen Augen stehen Trauer und Furcht vor dem unausweichlichen Tod. Auf dem Kap der Kiesel bleiben seine Frau und sechs Kinder zurück. Sie sind noch klein, und die Gemeinschaft wird sich um sie sorgen müssen. So ist es von alters her Sitte. Niemand bleibt ohne Nahrung oder Obdach, trotzdem gibt es die, welche Angehörige verloren haben... Rermyn... Auch er hinterläßt Kinder und eine schöne Frau. Sie allerdings wird in den Schutz des älteren Bruders übergehen, der unter den Lebenden ist... Komo... Alle sind sie gute Jäger, kräftige, lustige Männer, Künstler in lautem Gesang und fröhlichem Tanz.

Enu rief: »He, kommt näher zu mir!«

Gute Leute waren im Boot. Alle folgten seinem Ruf; selbst die, welche versucht hatten, weiter fort zu paddeln, versöhnten sich mit ihrem Schicksal und kamen zu dem Bootsältesten geschwommen, der schon sein Jagdmesser mit der langen, gut gewetzten Klinge im feuchten ledernen Schaft ertastet hatte.

Komo schwamm als erster heran.

Enu tötete ihn nicht gleich, denn zu recht nahm er an, der Anblick des Blutes könnte die Entschlossenheit der anderen ins Wanken bringen.

Als sich alle in der Nähe des untergegangenen Bootes

versammelt hatten, schrie Kljau plötzlich mit heller Stimme: »Die Wale kommen! Eine ganze Familie Wale kommt auf uns zugeschwommen!«

Alle schauten gleichzeitig in die Richtung, wohin die Hand des Jungen wies.

Etwas wie ein plötzlich über dem Wasser aufziehender und von Regenbögen durchzogener Nebel näherte sich den in Not geratenen Menschen.

Lärmend schwammen die Wale und zerteilten das herbstliche kalte, unnachgiebige Wasser.

»Sie eilen uns zu Hilfe!« schrie Kljau erregt. »Unsere Brüder kommen zu uns geschwommen! Die alte Nau hat also recht – sie sind unsere leiblichen Brüder!«

Enu legte sich auf den Pychpych, um sich etwas aus dem Wasser zu strecken, und sah nun auch die Wale. Sie näherten sich wie eine Flotte aus Märchenschiffen in den alten Sagen von Riesen, wie ein ungeheures Lied, das aus den Tiefen des Meeres heraufzieht.

Angst und Hoffnung kämpften miteinander in Enus Seele.

Die Verletzung eines Brauchs könnte eine Bestrafung nach sich ziehen. Aber wer würde strafen? Wer sind die wahren Lenker der Geschicke des Küstenvolkes?

Als sie näher heran waren, schwammen die Wale langsamer, deutlich bemüht, den Menschen nicht zu schaden. Schließlich kreisten sie die in Seenot Geratenen ein und bugsierten sie dem fernen blauen Ufer entgegen.

Die Jäger versuchten, so dicht wie möglich beieinander zu bleiben, denn so war es für die Wale leichter, sie vorwärtszutreiben.

Schon konnte man die Jarangas erkennen und die blauen, zum Himmel aufsteigenden Rauchsäulen.

An der Brandungslinie machten die Wale halt.

Am Ufer standen die Menschen und schauten voller Erstaunen auf ihre Landsleute, die erschöpft waren, doch glücklich über ihre wundersame Rettung vor dem unvermeidlichen Tod.

Jemand kam auf den Gedanken, eine Leine aus Lederriemen auszuwerfen, und Enu ergriff deren Ende.

Die Jäger standen nebeneinander vor der alten Nau; das Wasser tropfte von ihren nassen Kleidern.

Schweigend betrachtete die Greisin sie, und ihr Blick wanderte oft hinüber zu der sich langsam vom Ufer entfernenden Truppe Wale.

»Ein Bruder hilft immer dem Bruder«, sagte sie leise und begab sich zu den Jarangas.

In der größten Jaranga, wo sich für gewöhnlich die Männer des Kaps der Kiesel versammelten, dröhnte ein aus getrocknetem Walroßmagen hergestelltes Tamburin.

Mit entblößtem Oberkörper führte Enu, begleitet von Kljau, einen neuen Tanz auf, den er Tanz des Wales nannte.

Und die anderen, die dank der wundersamen Rettung überlebt hatten, sangen dazu mit heiseren Stimmen. Sie lobpreisten die Brüder im Meere, und die Klänge des neuen heiligen Liedes entwichen durch die Rauchöffnung, zerflossen am Himmel, rollten hinab zum Ufer und hinaus zum Horizont, den die Dunkelheit verbarg, und wo, ihren lauten Atem anhaltend, die Wale lauschten.

Sich Enu unterordnend, der sie führte, schwangen die Menschen bemalte Ruder, und unter der Decke, dort, wo die vorjährigen Renkeulen trockneten und sich vollsogen mit starkriechendem Rauch, schwamm im Widerschein des Feuers, in Schwaden warmen Dunstes das Abbild eines Wales, das kunstvoll aus dunklem Treibholz geschnitzt war.

Der Mensch ist Mensch nur,
Wenn einen Bruder er hat; und seine Seele
Dürstet, dem Bruder Gutes zu tun.
Der Tod hat von uns gelassen,
Nachdem er schon mit schwarzem Flügel uns streifte.
Die Wale retteten uns.
Lobpreisen wollen wir sie
Und ihnen danken...

Im Halbdunkel der Jaranga schlug das Lied mit Flügeln gegen die trockenen Walroßhäute wie auf ein riesiges Tamburin, und während die Bewohner des Kaps der Kiesel ihm lauschten, schwangen sich ihre Seelen empor, die erfüllt waren von Dankbarkeit gegenüber ihren Meeresbrüdern.

Einige erinnerten sich mit heimlichem Schamgefühl, wie sie über die Worte der alten Nau von der Verwandtschaft mit den Walen gelacht und ihre Erzählungen von den uralten Zeiten für die Schrulle eines vor Alter verlöschenden Geistes gehalten hatten.

Der heilige Tanz des Wales war die Geburt eines neuen Brauchs im Leben der Bewohner des Kaps der Kiesel und festigte ihren Glauben an ihre ungewöhnliche Herkunft.

Enu sang und fühlte, wie die Worte des neuen Liedes, ohne daß er sich darum bemühte, von allein in seiner Seele erstanden; sein Zustand verwunderte ihn, denn ihm war, als habe ein anderer, neuer Mensch Einzug gehalten in ihm, und dieser würde singen durch ihn...

Bruder ist nicht einfach nur,
Wer dir gleicht.
Bruder ist – wer Mitleid hat mit dir
Im Unglück und zu Hilfe eilt...

III

Als Ajnau ein Stück blauen Eises in den warmen Polog brachte, kam mit diesem eine kalte Wolke herein, die kräftig nach Frost roch und in der Nase kitzelte. Das Eis knisterte, als sei es lebendig. Heimlich berührten es die kleinen Kinder mit spuckefeuchten Fingern, und das Eis biß zu, entriß ihnen ein Stückchen Haut, das, mit fahlweißem Hauch, an der Oberfläche des blauen Eises festklebte.

Zu dieser Jahreszeit war draußen alles dunkelblau vor Dämmerung und Frost und düsterem Himmel, auf den zaghaft, zitternd und flimmernd wegen der alles durchdringenden Kälte helle Wintersterne krochen.

Das kalte Blau durchbrachen nur Flecke gelben Lichts, welches vor der Schwelle der Behausungen auf den Schnee fiel: In den Jarangas erwartete man die von ihren winterlichen Tätigkeiten zurückkehrenden Jäger.

Sie kamen langsam, die hohen Eisschollen umgehend, von dort im Meer, wo es Packeis gab. Hinter ihnen erstreckte sich eine rasch gefrierende Spur aus grellroten Blutspritzern.

Die Männer steuerten auf die gelben Tupfer des warmen Lichts zu, das ein in Fett brennender Moosdocht aussandte.

Stille hing über dem Kap der Kiesel, über dem kleinen Häufchen halb im Schnee ertrinkender, in dieser riesigen Welt armselig wirkender Jarangas.

Kljau hob die Augen: Auf der Seite des Sonnenuntergangs flackerte das Polarlicht – das lustige Fest der Götter begann, und der Widerschein ihrer gigantischen, vielfarbigen Feuer spiegelte sich am Himmel. Wie dicht war die Welt besiedelt, die von hier aus gesehen so leer erschien! Der weite Himmel und die fernen Berge und sogar die düsteren Anhäufungen des Felsgesteins – alles war voller Leben, voller rätselhafter Wesen und zauberhafter Mächte!

Kljau atmete tief und ging schneller, seiner Wohnstatt zueilend, wo ihn seine Frau und die drei Kinder – zwei Jungen und ein Mädchen – erwarteten. In Gedanken stellte er sich die Kindergesichter vor, ihre erwartungsvollen Blicke, insbesondere die durchdringenden und wißbegierigen Augen Armantos, des Ältesten, und die zärtliche Ruhe seiner Frau; und sein ganzes Inneres, das auf dem windigen Eis von Kälte durchdrungen worden war, erfüllte sich mit einer Wärme, die vom Herzen ausströmte.

Ajnau nahm die Schöpfkelle aus feinem, biegsamen Holz, füllte sie mit dem Wasser, das sie aus dem Eisstück gewonnen hatte, und verließ die Jaranga. Sie stand auf der Türschwelle und hielt ihren Blick auf den zwischen dem Packeis auftauchenden Jäger geheftet. Auf beliebige Entfernung, so weit das Auge nur reichte, erkannte sie ihn unter Dutzenden von Menschen an seinem Gang.

Das Herz der Frau war umspült von Zärtlichkeit und Wärme beim Gedanken an ihren Mann, an ihren Kljau, der mit Beute zurückkehrte. Der Widerschein der Großen Liebe, welche den Wal zum Menschen gemacht und das Küstenvolk zum Leben erweckt hatte, lag auf Ajnaus glücklichem Gesicht.

Langsamen, gemessenen Schrittes näherte sich der Jäger

der Schwelle zu seiner Wohnstatt, schweigsam ließ er das Zuggeschirr fallen, mit dem er den erlegten Seehund gezogen hatte.

Ajnau übergoß die Schnauze des getöteten Seehunds mit Wasser, damit das Tier »sich satt trinke«, reichte das restliche Wasser ihrem Mann und schleifte die Beute in die Jaranga.

Mit freudigem Lärmen umkreisten die Kinder den Seehund, der auf ein Stück auf dem Boden ausgebreiteter Walroßhaut gelegt wurde. Aber das Tier war noch gefroren, und es würde einige Zeit vergehen, bevor es aufgetaut wäre und die Mutter beginnen würde, es zu zerlegen.

Während Kljau sorgfältig den Schnee von seinen Torbassen schlug und seine Jägerausrüstung aufhängte, zerstampfte Ajnau gefrorenes Fleisch in einem steinernen Mörser, vermischte es mit Fett und würzte es mit gesäuerten grünen Blättern.

Das war natürlich noch keine richtige Mahlzeit. Ein großes Gelage würde es geben, wenn erst das frische Seehundfleisch gekocht wäre.

Als der Seehund zur Genüge aufgetaut war, trennte Ajnau Fell und Fett ab und zerlegte das Tier.

Ihren Speichel schluckend, warteten die Kinder, bis sie an der Reihe waren.

Schließlich schnitt die Mutter aus dem schnauzbärtigen Kopf die beiden Augen heraus, machte einen Einschnitt darauf und reichte sie den Jungen. Schmatzend und seufzend vor Freude, schlürften die Knaben die Seehundaugen aus und ließen von Zeit zu Zeit auch das Schwesterchen kosten.

Kljau zog sämtliche Kleider aus und blieb ganz nackt; nur ein Fellstückchen, das von einem vorjährigen jungen Ren stammte, warf er sich zwischen die Beine.

Während Ajnau den Seehund zerlegte, kamen die Nachbarinnen in die Jaranga, eine jede ging wieder fort mit einem Stück Fleisch, und das erfüllte die Bewohner dieser Jaranga mit Zufriedenheit, denn man empfand Freude: Habe und Essen zu teilen ist die erste und angenehmste Pflicht der Nachkommen der Wale.

Im tiefsten Winter fällt es schwer, sich vorzustellen, daß der Sommer kommen und es keinen Schnee geben wird auf dem Kap der Kiesel, daß die tief verschneiten Hügel hinter der Lagune ergrünen werden, daß in breiten Bächen Wasser frei von den Bergen herabfließen und die Stille der Polarnacht von klingendem Vogelgezwitscher erfüllt sein wird. Das Meer würde befreit sein vom Eis, und die Wale kämen bis an die Küste geschwommen...

Als der süße Schmerz erster Sättigung vorüber war und eine leichte Schläfrigkeit die Körper der auf weichen Renfellen ausgestreckten Bewohner der Jaranga einhüllte wie zarter Dunst, begann das Familienoberhaupt seine Erzählung...

So war es Sitte in der Jaranga. Kinder müssen ihre Vergangenheit kennen, um sich nicht allein zu fühlen in dieser ungeheuren großen Welt.

Kljaus Stimme tönte dumpf im warmen Polog, der ausgefüllt wurde vom Geruch frischen Blutes und warmen Fleisches, unter den sich der des Seehundtrans mischte, der im steinernen Tranlämpchen brannte...

»Früher bedeckten Kälte und Finsternis den Raum, in dem weder Erde noch Himmel, noch Wasser zu unterscheiden waren... Alles war gleichermaßen dunkel wie bei einem Schneesturm«, erzählte Kljau. Um ihn lagen die Kinder, die mit angehaltenem Atem aufmerksam seiner Erzählung über die Vergangenheit des Volkes auf dem Kap der Kiesel lauschten.

»Die Strahlen der Sonne durchstießen nicht die düsteren Wolken, aus denen ununterbrochen kalte Nässe rann... Aber da erschien eine Frau. Mit nackten, warmen Füßen ging sie über die kalte Erde, und dort, wo sie auftrat, wuchs plötzlich grünes Gras hervor. Sich umschauend, lächelte sie; nun durchbrach die Sonne die schwarzen nässetriefenden Wolken und antwortete ihr mit blendendem Schein, der die Finsternis vertrieb und den ganzen einförmigen Raum mit Wärme überflutete. Und die Frau sah: es gibt die Erde und das Meer, den Himmel und die Felsen und das Kap der Kiesel, das die Lagune vom Meer trennt; in den Erdlöchern wohnen die Hörnchen, die Polarfüchse stromern durch die grünbewachsenen Hügel, die Vögel fliegen über dem Meer... Und das Meer selbst – selbst dies ist erfüllt von Leben, erfüllt von schwimmendem und tauchendem Getier. Die Frau lief am Ufer umher und ernährte sich von Beeren und Algen. Und sie wußte nicht, daß sie ein Mensch war, denn es gab niemanden an ihrer Seite, mit dem sie hätte reden können.

Solange, bis die Große Liebe zu ihr kam.

Die Große Liebe verwandelte einen Wal in einen Menschen, und er nahm sich diese Frau zum Weibe.

Und die Frau gebar kleine Walkälber. Sie wuchsen zunächst in der Lagune heran, doch als sie erwachsen waren, wurde ihre Lagunen-Wiege zu eng für sie, und sie zogen durch die Pilchyn-Enge hinaus ins offene Meer zu ihren Verwandten.

Dann gebar die Frau Kinder mit menschlichem Antlitz. Diese Kinder sind unsere Urväter, von denen wir unsere Abkunft herleiten.«

Kljau verstummte kurz und sprach dann feierlich: »Und diese selbe erste Frau ist – Nau! Sie lebt unter uns, und wir preisen sie!«

Kljaus letzte Worte vernahmen die Kinder bereits im Halbschlaf. In ihnen erstand die ferne unwahrscheinliche Zeit, als ein Wal sich in einen Menschen verwandeln konnte und dem Menschen Beeren und Seetang zu seiner Ernährung genügten.

Diese Legende hörten sie nicht zum erstenmal, wie auch Kljaus Erzählung von seiner eigenen wundersamen Rettung durch die Wale.

Sie hatten den Tanz des Wales gesehen und lernten ihn von Kindesbeinen an, um ihn in feierlichen Minuten, wenn dankbare Gefühle aus ihrem Innern sich losreißen wollten, aufführen zu können in der Großen Jaranga, wo sich die kühnen Jäger der Meerestiere versammelten.

Allmorgendlich ging Kljau auf das Eis des Meeres hinaus. Er ließ das Kap der Kiesel hinter sich und die im Schnee versinkenden Jarangas, die nur durch ihre feinen Rauchsäulen von Leben zeugten.

Das Blau des Wintertages färbte sich ein ganz klein wenig rosa, und die riesige Dämmerung im Süden am Himmel konnte jeden Augenblick von den ersten Sonnenstrahlen durchstochen werden.

Kljau umging das Packeis, schritt vorsichtig über das Meereis, welches sich gerade erst über den Rissen gebildet hatte, und dachte über das, was ihn beständig und unablässig bewegte, nach.

Man konnte schon daran glauben, daß ein Wal sich in einen Menschen verwandelt hat... Aber warum wiederholt sich niemals, was einmal vor ewig langer Zeit geschehen war?

Viel Unklares und Unverständliches war in den alten Legenden. Irgendwann einmal hatte Kljau Enu darauf aufmerksam gemacht, aber dieser hatte ihm nur streng bedeutet, daß es so sein müsse: je mehr Unklares in einer uralten Legende sei, desto glaubwürdiger sei sie, und desto mehr solle man an sie glauben!

Aber warum konnte die Welt nicht so klar sein, so rein und frisch wie die Morgenluft nach dem stickigen und warmen Polog?

Auch der Sternenhimmel war mit einer Vielzahl von Wesen bevölkert, mit Jägern, Mädchen, Rentieren... Die Phantasie zog die unsichtbaren Linien der Sternbilder und gebar so die Szenen des Himmelslebens. Es konnte das Leben sein, in welches die Sterbenden hinübergingen. Aber nein! Die Toten gingen zwar durch die Wolken, das stimmte, aber sie lebten in einer vollkommen anderen Welt, über deren örtliche Lage zu sprechen selbst für solch weise Leute wie Enu nicht einfach war. Doch Kljau sah nur die Sterne, leuchtende Punkte am Himmel, und er dachte sich, daß der Himmel etwas wie ein gigantischer, über die ganze Welt gespannter Retem mit vielen Löchern sei, aus denen sich der Regen ergoß und der Schnee niederfiel. Und irgendwo unter diesem riesigen Zelt lebten andere Völker. Der Rauch ihrer Feuer stieg als Wolken zum Himmel, die das Licht verdüsterten und schlechtes Wetter erzeugten.

Warum war die ihn umgebende Welt so anders als jene, von der die Überlieferungen berichteten? Hüllten die Weisen nicht vielleicht absichtlich alles in Nebel, um ihre eigene Unwissenheit zu verbergen?

Je weiter Kljau aufs Meer hinausging, um so weiter öffnete sich der atemberaubende Blick auf die chaotische Anhäufung des blauen Eises.

Bis zu dem Punkt, wo Himmel und Erde zusammenstießen, türmten sich Eisschollen auf. Unter ihnen waren riesige Trümmer von Eisbergen zu finden, mit einem Blau, als verströmten sie aus ihrem Innern heraus ein ihnen eigenes Licht. In den Eishöhlen war es ganz unheimlich; ein leises Knacken war zu hören, als striche ein unsichtbares Wesen in weichen, mit Eisbärfell besohlten Torbassen heimlich auf dem Eisdach herum.

Die Ansicht des Meeres mutete auf den ersten Blick eintönig an, aber diese Eintönigkeit war nur eine scheinbare. Aus der Nähe betrachtet, steckte dieses Eisschollenmeer voller Überraschungen. Weiter vom Ufer entfernt, dort, wo die starke Strömung das Eis beständig zum Bersten brachte, schwammen in den schwarzen Rissen, die in der eisigen Luft weißen Rauch verdampften, die Seehunde und schauten mit ihren großen Augen auf die weiße, friedlich-blaue Welt.

Vom Meer her, selbst von einem hohen Eisblock aus, waren die dunklen Flecke der Jarangas schon nicht mehr deutlich zu erkennen, sondern nur noch erbärmliche kleine Pünktchen, wie Hasenspuren. Dahinter dehnte sich die eiserstarrte Lagune aus, deren Grenzlinie nicht zu erkennen war. Aber in südlicher Richtung, wo sich Hügel erhoben und wie Meereswellen auf die in der Ferne blau schimmernden Berge zuliefen, erstreckte sich feste Erde, ebenso unendlich wie das Meer.

Hinter den gezackten Gipfeln des Fernen Grats wanderte die Wintersonne.

Was befand sich dort, hinter diesem Grat?

Am Fuße der Berge führten die Rentierleute ihr Nomadenleben, entfernte Verwandte des Küstenvolks, die sich noch in dunklen Vorzeiten abgespalten hatten, woran sich nur die alte Nau gut erinnerte.

Noch bis vor kurzem hatte Kljau gedacht, mit dem Alter würden sich ihm alle Geheimnisse aufdecken, und alle nicht zu Ende gesprochenen Worte der Erwachsenen seien nur der Versuch, von dem Jüngling fernzuhalten, was erst ein erwachsener, wirklicher Jäger wissen durfte.

Aber Unwissenheit schürte bloß die Neugierde und trieb den Menschen dem Unerforschten entgegen.

Wie Enu.

Manche behaupteten sogar, dieser habe den Verstand verloren, denn einem vernünftig denkenden Menschen komme es nicht in den Sinn, von ferner Erde zu sprechen, wo die Sonne viermal länger am Himmel scheine und der Sommer so lange dauere, daß er noch nicht zu Ende ist, wenn bereits wieder ein neues Frühjahr beginnt.

»Das ist kein Märchen«, sagte Enu dann jedesmal, »ich bin überzeugt, daß es solch eine Erde gibt, und du und ich, wir werden sie finden... Erinnerst du dich an jenen schrecklichen Tag, als wir beinahe untergegangen wären? Genau damals kam mir die Idee von dem warmen Land in den Sinn. Wer weiß, vielleicht haben die Wale selbst mir diese Entdeckung eingegeben...«

Kljau hörte Enu zu, und in seinem Herzen wuchs der Entschluß, ihm zu folgen.

IV

Auf dem von den kräftigen Frühlingssonnenstrahlen zerfressenen, porösen Eis stand ein großes Boot. Seine neue, gerade erst aufgezogene Haut war durchscheinend, und wenn sie jemand berührte, tönte sie wie ein riesiger Jarar.

Gemeinsam mit Enu begab sich Kljau auf die wunderliche, seit langem geplante Reise.

Als dritter fuhr Komo mit, ein Faulpelz und Spaßvogel, allerdings ein Künstler, wenn er auf den Felsen der Umgegend abbildete, was sein Auge sah.

Unter denen, die zum Abschiednehmen gekommen waren, befand sich auch die alte Nau.

Von der Frühlingssonne war ihr Gesicht noch dunkler geworden, wie Jarangadächer, die die Winterkälte, die Schneefälle und -stürme und die stechende Frühjahrssonne überstanden hatten.

Kljau hätte nie gedacht, daß die Trennung von der Familie und den Freunden, von der Frau und den Kindern, vom Kap der Kiesel und dem vertrauten Blick aus der Jaranga, von den heimischen Hügeln und Felsen so qualvoll schmerzlich sein würde, daß man lauthals schreien mochte. Denn es war ein Schmerz, als sei ein schwerer Stein auf sein Herz gefallen.

Dieser Stein wich nicht, solange das Boot am Ufer entlang schwamm, von dem sich das Eis noch nicht hatte lösen können, vorbei an den hohen Felsen, von denen aus Kljau des Winters den weiten, die Siedlung umgebenden Raum betrachtet und darüber nachgedacht hatte, was sich hinter diesen fernen gezackten Graten befinden mochte. Jetzt würde er sich nicht nur Gewißheit über irgend jemandes uralte Erzählungen verschaffen, sondern selbst diese ferne Erde sehen, wo es viel Sonne geben sollte und die Vorfahren der Küstenbewohner lebten – die Wale.

Schwer war es, sich von der Frau zu trennen, doch noch schwerer, von den Kindern. Im letzten Augenblick mußte er sich aus einem unerfindlichen Grund an die Tage erinnern, da er beschlossen hatte, Ajnau in seine Jaranga zu führen, und weit von der Siedlung entfernt mit ihr über die Tundrahügel streifte, wo die Gräser so weich waren und zart...

Die Menschen schauten dem forteilenden Boot hinterher, das immer kleiner wurde, sich auflöste im Raum, wie ein sterbender Mensch sich auflöst in der unendlichen Ausdehnung der Zeit.

Viele empfanden es so, während sie dem aus ihrem Gesichtskreis gleitenden Boot nachsahen.

Alle schwiegen.

Die alte Nau schaute die Menschen an und sagte laut: »Das ist der Ruf der Ahnen. Denn die Wale sind ewige Wanderer; ewig reisen sie durch die weiten Meere. Auch der Mensch kann nicht lange an einem Ort leben. Zunächst hat er das Boot erfunden, um das Element Wasser zu erobern, um zu seinem Ursprung zurückzukehren...«

»Und dann erhebt er sich und fliegt zum Himmel auf«, scherzte jemand spöttisch.

»Warum nicht?« äußerte nachdenklich die alte Nau. »Vielleicht geschieht auch dies... Aber bis dahin sollen die Söhne der Wale erst einmal über das Meer fahren und Neues und Unerkanntes suchen! Nur so wird der Mensch sich als wirklicher Bewohner der Erde fühlen...«

Und noch lange sprach die alte Nau.

Solange die Erinnerung an die drei, die auf Wanderschaft gegangen waren, noch wach war, hörte man ihr aufmerksam zu.

Aber die Zeit verging. Andere Ereignisse überstrahlten die drei Dummköpfe, die ausgezogen waren, den langen Sommer zu suchen, und nur die Angehörigen erinnerten sich noch ihrer in einer Reihe mit den für immer durch die Wolken Gegangenen.

Die Reden der alten Nau wurden den Menschen lästig. Man hörte ihr nur aus heiliger Pflicht zu, weil man dieser Greisin, die die Zeit selbst überlebt hatte, Respekt erweisen mußte.

Die Kinder Kljaus waren längst erwachsen, und nur

sehr selten erinnerte sich jemand wie an ein halb vergessenes Märchen an drei Dummköpfe, die sich auf eine lange Reise begeben hatten.

Niemand maß damals die Zeit, denn sie war auch so sichtbar; sie hinterließ ihre Spuren auf dem Antlitz der Menschen – die neugeborenen und erwachsen werdenden Kinder, die Alternden und die durch die Wolken Gehenden waren ihr Kennzeichen.

Eines klaren Wintertages, als die niedrig stehende kalte Sonne ihre frierenden Strahlen weit über das Eisschollenmeer ausstreckte, tauchten auf der Seite hinter der Lagune, wo in der Ferne die wellenartigen Hügel hinführten, drei winzige Punkte auf. Sich den Jarangas nähernd, wurden sie langsam größer. Noch von weitem konnte man erkennen, daß sie keine Nomaden waren; diese hatten einen anderen Gang. Es waren auch keine Gäste, die vom gegenüberliegenden Ufer kamen: Diese reisten mit Hundeschlitten und näherten sich der Siedlung laut.

Jene aber schritten sehr langsam aus und blieben sogar mehrmals stehen, als studierten sie von fern die Küste.

Alle Leute des Kaps der Kiesel strömten ins Freie.

Die Unbekannten kamen immer näher, weckten in den Herzen der Wartenden eine leise Furcht.

Die Fremden sahen sonderbar aus; ihre Kleider waren ganz anders als die, welche für gewöhnlich die Bewohner des Kaps der Kiesel trugen. Und diese Kleidung war gezeichnet von einer langen, schweren Reise. Aber noch ein Umstand flößte furchtsame Gedanken ein: Diese Menschen waren bei weitem nicht jung, sondern in einem Alter, da man sich nicht ohne besonderen Grund auf einen weiten Weg begab.

Die Wanderer kamen näher und näher, und Freude

strahlte auf ihren abgezehrten, von tiefen Falten durchfurchten Gesichtern.

Ein Greis, der weiße Rentierhosen – das Zeichen, daß er bereit war, durch die Wolken zu gehen – trug, fragte: »Wer seid ihr, und wohin führt euer Weg?«

Lange antworteten die Neuankömmlinge nicht. Gierig vertieften sie ihren Blick in die Gesichter derer, die sie empfingen, als wollten sie bekannte unter ihnen finden.

Und plötzlich schrie eine Alte, die lange mit fast blinden Augen einen der Wanderer betrachtet hatte, entsetzt und laut auf: »Kljau! Das ist mein Mann Kljau! Ich habe ihn erkannt!«

Da verstanden alle: Es waren die, von denen man nur noch in halb vergessenen Überlieferungen erzählte, an die man sich erinnerte als an die von einem unerfüllbaren Traum Besessenen – den Weg der Wale zu erkunden.

»Ihr seid also zurückgekehrt«, sagte die alte Nau und ging auf Enu zu, einen stillen grauhaarigen Greis.

Seine Augen strahlten Weisheit und Wärme aus.

Man führte die drei Heimgekehrten in die Jarangas; sie gingen und nahmen gierig das Aussehen ihres Heimatorts in sich auf, denn sie hatten ihn in ihren sehnsuchtsvollen Träumen gesehen.

»Wir sind durch jene erstaunlichen Länder gezogen, von denen wir nur aus den Märchen wußten«, berichtete Enu. »Wir haben feuerspeiende Berge gesehen und gestaunt, daß die Menschen, welche an ihrem Fuße leben, uns verstehen und auch die Wale als ihre Vorfahren betrachten. Sie sagten uns, daß genau dort, unter diesen Bergen, sich die Wohnstatt der Wale befinde und diese Berge ihre gigantischen Jarangas seien, von deren Gipfeln der Rauch ihrer Herdfeuer niedergeht. Eine große Anzahl von Erzählungen über das Leben der Wale haben wir von unseren entfernten Verwandten gehört. Die Wale unterscheiden sich in ihrem Familienleben anscheinend wenig von uns und führen ebensolche Unterhaltungen wie wir, wenn auch in einer uns bisher noch unverständlichen Sprache. Streit kommt bei ihnen auch vor, allerdings sehr selten. Dann erzittert die Erde, verdichtet sich der Rauch der gigantischen Feuer, und mitunter fliegen sogar glühende Steine über die Gipfel der Berge hinaus: wenn nämlich die Frauen der Wale vor lauter Streiten aufgehört haben, nach dem Feuer zu schauen.«

Die Wanderer erzählten abwechselnd. Wenn einer ermüdete, begann ein anderer zu sprechen, dann griff der dritte den Bericht auf. Mit allen anderen lauschte den Erzählungen die alte Nau, und jeder der nach Hause Zurückgekehrten wunderte sich, daß sie so viele andere überlebt hatte und noch genauso kräftig war wie damals, als sie sie vor unzähligen Jahren verließen.

»In diesen Gegenden haben wir nicht unsere üblichen Tiere, die wir hier jagen, gesehen«, berichtete Kljau. »Walrosse gibt es nicht, und der Eisbär kommt nicht auf jenes Eis. Und auch richtiges Eis gibt es nicht. Nur an der Küste bildet es sich ein bißchen, aber dahinter wogt den ganzen Winter über das dunkle Meer. Die Menschen leben von Rentierzucht und Fischfang. Wegen dieser Nahrung sind sie schwach und von kleinem Wuchs. Dafür gibt es unermeßliche Fischschwärme. Das Wasser der Flüsse brodelt davon. Nicht nur die Leute selbst ernähren sich von Fisch, sondern auch ihren Hunden verfüttern sie ihn...«

»Wir sind der Sonne gefolgt«, fuhr Enu fort. »Unser Ziel war ja, den Landstrich zu erreichen, wo die Sonne lange scheint und die Wärme sich länger hält als in unserem Land.

Wir haben echte Bäume gesehen, bedeckt mit grünen

Blättern und rauschenden Zweigen, Bäume wie lebendige Riesen. Sie dehnen sich über ungeheuer große Gebiete aus, und es fällt schwer, sich vorzustellen, wie der Mensch in diesem grünen Dämmerlicht lebt, wie er den Weg zu den Flüssen und zum Meeresufer findet. Wir haben uns gehütet, tief in diese Wälder zu gehen, und versucht, immer an der Küste zu bleiben, wußten wir doch, daß die Wege der Wale die Meereswege sind.«

»Als wir die feuerspeienden Berge sahen, meinten wir am Anfang, wir seien zu den Grenzen der Walgebiete gelangt«, erzählte Komo. »Allerdings ließ sich der Zugang zu den Bergen nicht finden, und es wunderte uns, daß wir in der Nähe keine Wale sahen. So sind wir weitergezogen. Hindernisse aus Wasser haben wir mit der Hilfe der dortigen Einwohner überquert, denn unser Boot war längst in Stücke gegangen und untauglich geworden. Danach sind wir auf Menschen gestoßen, die unsere Sprache nicht mehr verstanden. Die meisten betrachteten uns als ihre Brüder, waren nicht unfreundlich...«

»Aber nicht überall ist es so gewesen«, seufzte Enu. »In einem Land, wo man davon lebt, daß man über den Sommer hin reifende Gewächse erntet und Tiere hält, deren Milch man trinkt, als wäre sie reinstes Wasser, haben uns bewaffnete Leute ergriffen und in ein düsteres Haus gesperrt. Dort haben sie uns sehr lange festgehalten, einige Jahre. Schon begannen wir, ihre Sprache zu verstehen, und noch immer fürchteten sie uns und sagten, wir seien irgendwelche Werwölfe und in ihr Land gekommen, um seinen Bewohnern zu schaden. Allerdings hüteten sie sich, uns das Leben zu rauben, weil sie dadurch ein noch größeres Unglück befürchteten.

Als Nahrung gaben sie uns alle möglichen Graspflanzen, wovon wir zunächst ganz schwach geworden sind, aber dann haben wir uns daran gewöhnt und unsere alte Kraft wiedergewonnen.

Eines Tages schließlich hat man uns ins Tageslicht hinausgeführt, an das wir nicht mehr gewöhnt waren, so daß wir anfangs die Augen nicht offenhalten konnten, und in eine riesige, aus großen Steinen gebaute Jaranga gebracht. Dort saß ein wichtiger Mensch, der wissen wollte, woher wir aufgetaucht seien und worin unsere Absicht bestünde.

Und wir haben diesem neugierigen Menschen geantwortet, daß wir von den Walen abstammen und ihren Wegen folgen, um das Land zu finden, wo es viel Wärme gibt und wenig Kälte, wo die Sonne überwintert und die Zugvögel.

Aufmerksam hat der wichtige Mensch uns angehört und danach gefragt, woher wir von unserer Abstammung wüßten. Da haben wir gesagt, daß in unserer Siedlung unsere Urahnin lebt – die alte Nau, die unser Volk gebar...

Heftig aufgeregt haben wir die Bewohner der warmen Gebiete mit dieser Erklärung.

Der Mensch hat gesagt, daß auch sie ihre Herkunft von den Walen ableiteten, allerdings begriffen sie die Überlieferungen aus der Vergangenheit als Märchen, und niemand würde mehr daran glauben, daß irgendwo die Ahnin der Küstenmenschen lebt.«

»Daraufhin haben sie uns die Legende von ihrer Herkunft erzählt«, fuhr der ergraute Kljau fort, in dem seine alte glückliche Frau ihren jungen Mann sah, wie er sich auf den weiten Weg begeben hatte. »Und wir haben ihnen zugehört, und es war, als erklänge die Stimme der alten Nau, und vor uns erstand unsere eigene Kindheit. Diese Menschen sagten uns, daß ihnen von alters her überliefert sei: Solange der Bruder den Bruder ehrt, ihm hilft, sein

Leben beschützt, Liebe und Einverständnis herrschen unter den Menschen, solange wird die Ahnin des Menschengeschlechts auf der Erde leben, die Frau des Wales, die menschliche Frau, die Mutter aller Küstenbewohner.«

»Wir sind weitergezogen, denn wir wollten die ewige Wärme finden«, fing Komo zu sprechen an. »Wir bahnten uns unseren Weg durch riesig hohe Gräser und schleppten uns durch Flüsse, deren Wasser so heiß war wie das Blut eines gerade erlegten Walrosses. Die Sonne stand immer hoch am Himmel, und Schnee fiel nur in einer einzigen Nacht. Morgens taute er. Die Einwohner dort litten trotzdem darunter, hielten das für schreckliche Kälte. Als sie sahen, wie uns der Schweiß lief bei einer Wärme, die für sie grimmiger Frost ist, waren sie so erstaunt, daß sie in großer Zahl zusammenliefen.«

»Aber der Weg der Wale führte noch weiter«, fuhr Enu fort.

»Mit ihren Fontänen funkelnd, entglitten sie in warmem Dunst. Uns aber verblieb nur noch die Kraft für den Rückweg; wir wußten, daß das Erfahrene nicht nur uns gehört, sondern auch euch, weil wir Teil eines Ganzen sind, welches Küstenvolk genannt wird. Wir hatten viel gesehen und den Rand der Welt erreicht. Wir hatten aus den Erzählungen der dortigen Menschen erfahren, daß es darüber hinaus keinen Winter mehr gibt, nur noch endlosen Sommer. Aber solch ein Leben war schon nicht mehr für uns, und wir haben den Rückweg angetreten.«

»Wir haben uns beeilt«, nahm Kljau den Faden auf, »denn wir wollten die vertrauten Gesichter sehen, die halb vergessenen, doch uns teuren Stimmen hören, welche uns im Traum erschienen... Wir eilten unserer Heimat entgegen wie im frühen Frühjahr die Wale, wenn sie in die eisigen Wasser zurückkehren.«

Mehrere lange Abende hindurch erzählten die drei Wanderer von ihren Abenteuern, ihren Begegnungen mit unbekannten Völkern und Bräuchen, mit seltsamer Nahrung und befremdlichen Tieren. Mit angehaltenem Atem lauschten die Bewohner des Kaps der Kiesel den Worten – daß in anderen Ländern die Menschen niemals den weißen Schnee sehen und kaum glauben wollen, daß Wasser die Festigkeit von Stein annehmen kann und Regentropfen als weiche weiße Flocken vom Himmel fallen.

Als der Gesprächsstoff ausging und die vom langen Erzählen erschöpften Wanderer immer häufiger zu verstummen begannen, fragte die alte Nau: »Ihr habt neue Länder gesehen, fremde Völker und seltsame Tiere; sagt uns, welcher Landstrich erschien euch der schönste?«

Die Wanderer schauten einander an.

Die Antwort gab Kljau: »Es stimmt, wir haben viel gesehen. Aber wir haben eine große Wahrheit erfahren: Es gibt nichts Schöneres als die eigene Heimat, die heimische Erde, wo du das Licht der Welt erblickt hast, wo deine Verwandten und Bekannten leben, wo die vertraute Sprache erklingt und die von frühester Kindheit an bekannten, uralten Legenden erzählt werden...«

Diese Worte hallten in der stillen Jaranga wider wie der Klang von Flügelschlägen eines Märchenvogels, der Bote einer wichtigen Nachricht war.

Da sagte die alte Nau: »Ich habe es mir auch so gedacht: Schön ist, was dir nahe und vertraut ist. Und die Wale kehren mit dem Eisgang zurück, weil diese Ufer ihre Heimat sind und die Heimat unseres Volkes.«

Enu war schon schwach und gebrechlich.

Komo konnte nur mehr die noch nicht aus dem Gedächtnis entflohenen Bilder auf den Felsen darstellen, und Kljau allein gelang es, den Tanz des Wanderers zu erschaffen und aufzuführen.

Wieviele Jahre sie fort gewesen waren, konnte niemand errechnen. Und dennoch, obwohl ergraut, war Kljau noch bei Kräften.

Er überlebte seine Weggefährten und verstarb in hohem Alter, von der Familie beweint. Das Ritual auf seinem letzten Weg vollzog die ewige Greisin Nau. Grauhaarig, kraftvoll, mit schwarzem wie Walroßhaut gegerbtem Gesicht, trat sie in die Jaranga, wo Trauer und Leid Einzug gehalten hatten. Bereit, auf die letzte, weite Reise zu gehen, lag Kljau in weißer Kamushose und weißer Kuchljanka da.

Schweigend ging Nau in den Polog und zog das Bärenfell zurück, das den Verstorbenen bedeckte.

Kljaus Gesicht war klar und ruhig.

Die Greisin bat, man möge den Wykwepojgyn bringen.

Man brachte den polierten, leicht gekrümmten Stab mit einer Vertiefung in der Mitte, wo das Steinmesser zum Enthaaren von Häuten befestigt wird.

Die alte Nau legte ein Ende des Stabs unter den Kopf des Verstorbenen und begann flüsternd mit ihm zu reden.

Sie stellte ausführliche Fragen und wartete darauf, daß der Tote ihr antwortete. Kljaus Entgegnungen waren einsilbig, doch bedeutungsvoll. Er wünschte, feste Torbassen mitzunehmen und seinen Speer, mit dem er auf Jagd gegangen war.

Die alte Nau gab die Wünsche des Verstorbenen mit leiser Stimme weiter, und neben dem Kopf des Toten formte sich ein Haufen von Dingen, die er mitnehmen würde auf seine letzte Reise, durch die Wolken.

Die Männer trugen Kljau auf den Hügel der Entschlafenen.

Das Leben ging weiter. Ein neuer Frühling begann, und die über dem Schnee aufsteigende Sonne überflutete großzügig die Tundra und das vereiste Meer.

V

Enus Enkel Giwu, ein zarter und nachdenklicher Jüngling, ging zur alten Nau und fragte sie: »Worin liegt das Geheimnis deiner Unsterblichkeit?«

Die Greisin blickte ihn erstaunt an.

Danach zu fragen, ziemte sich nicht. Das war frech und frevelhaft.

»Es gibt weder ein Geheimnis noch eine Unsterblichkeit«, antwortete Nau.

»Aber du lebst immer«, wendete der Junge ein. »Das bedeutet, es gibt eine Unsterblichkeit, und es gibt ein Geheimnis.«

»Ich lebe«, erwiderte nachdenklich Nau, und sie fühlte, daß die Antwort von allein, sie wußte selbst nicht woher, kam, »ich lebe, weil die Große Liebe existiert.«

»Das heißt, wenn sie nicht mehr ist, wirst du sterben?« fragte der Jüngling weiter.

»Aber die Große Liebe ist ewig«, entgegnete Nau.

Giwu hing seinen Gedanken nach.

Nau betrachtete ihn. Weshalb ist er so? Oder quält ihn die Bedeutung seines Namens? Der Allgegenwärtige genannt zu werden, ist nicht leicht. Man gibt einem Menschen ja nicht einfach einen Namen, sondern versucht, ihm eine Lebensrichtung zu weisen. Nau selbst hatte ihn so gerufen, denn ein Mann war geboren worden, der in direkter Linie von Enu abstammte, in dessen Kopf die Idee erstanden war, den Wegen der Wale zu folgen auf der Suche nach der Wahrheit und dem warmen Landstrich.

»So viele Zweifel«, stöhnte Giwu. »Sie quälen mich.«

Beim Abschied riet ihm die alte Nau: »Frage weniger, bemühe dich mehr um eigene Erkenntnis.«

Im Herbst, als ein Walroßrudel ans Ufer kam, unterhalb der Felsen des Kaps, beobachtete Giwu mehrere Tage hindurch die Paarung der Tiere; er zitterte vor Erregung und mußte sich zurückhalten, um nicht über die erste Frau herzufallen, die seinen Weg kreuzte. Die Frauen sammelten gerade Beeren in der Nähe und öffneten Vorratslöcher von Mäusen auf der Suche nach süßen Wurzeln. Doch Giwu kämpfte mit sich. Er beschloß, sich seiner Leidenschaft nicht hinzugeben, spürte er doch dunkel, daß die Antworten auf seine Fragen nicht dort zu finden waren.

Er ging fort in die Tundra.

In der Stille des kühlen Tages streunte er umher und schaute lange in die klaren Flüsse, wo Fische, langsam ihre Flossen bewegend, schwammen. Die grau-blauen Leiber dieser Wasserbewohner sahen aus, als seien sie die zum Leben erweckten Bilder Komos, eines der Wanderer längst vergangener Zeiten, die dieser in die Felsen gemeißelt hatte.

Giwu stillte seinen Durst an den Flüßchen und betrachtete dabei eingehend sein Spiegelbild. Den Jüngling blickte ein dünnes, längliches Gesicht mit großen, weit geöffneten Augen an.

Irgend jemand hatte ihm gesagt, sein berühmter Großvater Enu habe in jungen Jahren genauso ausgesehen wie er. Aber Enu hatte seinem unersättlichen Wissensdurst Linderung verschafft, indem er auf eine Reise gegangen war, welche sein ganzes Leben in Anspruch genommen hatte.

Wenn Giwu seinen Spuren folgen würde, sähe er nur, was Enu, Komo und Kljau bereits gesehen hatten.

Wohin gehen?

Und woher kommt das alles – die Grenzenlosigkeit der Welt, die Wolken über der Tundra und das grüne Gras, welches sich gelb färbt in jedem Herbst?

Woher diese wie Spritzer des Himmelsblaus anmutenden Blumen, woher die roten Früchte der Moltebeeren und die Flußläufe, in denen die stummen, von Ruhe erfüllten Fische schwimmen? Woher die Tiere, die Vögel, die Meeresbewohner? Läßt sich das Geheimnis von der Herkunft der Menschen wirklich so einfach erklären, wie die alte Nau es behauptet?

Und schließlich, weshalb sind diese Fragen so qualvoll beharrlich, wecken ihn inmitten der Nacht, rauben ihm den Schlaf, treiben ihn zu wahnwitzigen Taten, gebären Gedanken, die alte Nau zu erschlagen?

Ein beständiger, geschmeidiger Wind strich über die Tundra, und die Wellen des gelben Grases erinnerten an die des Meeres.

Giwu ging durch die Tundra, federnde, bemooste Bülten, kleine Lachen und winzige Flüßchen überspringend. Er spürte keine Müdigkeit, und der leichte Wind schien ihm wie seine eigenen Flügel, welche ihn über die Erde trugen. Er wartete, daß eine Empfindung auftauchen möge, wie sie Nau in ihrer Jugend hatte, als sie den Wal Rëu noch nicht kannte. Giwu wartete, daß ein Gefühl der Verschmelzung mit der ihn umgebenden Natur entstehe; er wollte zugleich der Wind sein und dort dieses Flüßchen und die schläfrigen Fische auf dessen Grund, das Gras, die geschmeidig federnde Bülte, der sich haarende, fast kahle Polarfuchs, der schlanke, durch den mit Moltebeeren übersäten Sumpf watende Kranich, das Hörnchen und die Maus, welche die süßen Wurzeln des Pelkumren in Vorratslöcher schleppte...

Aber nichts dergleichen erwachte in ihm. Er stieß sich einige Male schmerzhaft an einem im Gras verborgenen Stein, und der Schmerz in seinem Fuß rief sich unablässig in Erinnerung, lenkte von den Gedanken ab.

Vielleicht hatte die alte Nau in Wirklichkeit nichts dergleichen empfunden?

Vielleicht hatte sie sich alles ausgedacht?

Und hatte es sogar die Reise in die warmen, fernen Länder nicht gegeben, wo die Sonne unermüdlich über den Himmel wandert, wo die Menschen auf dem Festland Nahrung züchten und sich wie manche Tundratiere von Gräsern ernähren?

Die Leute sagten, Zweifelnde habe es immer gegeben. Dieser selbe Enu, Giwus Vorfahr, sei ja deswegen auf die weite Reise gegangen, weil der Zweifel ihn plagte.

Giwu setzte sich auf eine Böschung.

Der Geruch der herbstlichen Gräser machte seine Sinne leicht benommen. Später würde mit dem trockenen Gras dieser Geruch für den ganzen Winter Einzug in der Jaranga halten; bei winterlichem Tauwetter würde er sich verstärken und an die grüne Welt voller Wärme und liebkosender Blumenaugen erinnern.

Die Mehrzahl der Menschen lebte friedlich, ohne über die Welt um sich herum nachzudenken, ohne die Ursachen der erstaunlichen Naturerscheinungen aufdecken zu wollen. Warum suchten gerade ihn diese Gedanken und Zweifel heim?

Wieder fielen Giwu die Frauen ein.

Seltsame Wesen. Weshalb hat die Natur sie anders geschaffen als die Männer? Nur zur Fortpflanzung der Gattung und zu dem Genuß, welchen sie Männern verheißen? Warum ist die höchste Freude, welche ein Mensch jemals erfahren kann, mit zukünftigem Leben verknüpft? Was wäre dann... Dann, wenn man einen anderen Menschen tötet? Was würde derjenige, der diese Tat begeht, empfinden? Etwas der Freude Entgegengesetztes? Dennoch, das Leben ist lichter und freudiger als der Tod.

Giwu schaute sich mit aufleuchtendem Blick um. Da war schon eine Entdeckung! Sie war ganz nahe; man mußte nur die Hand ein wenig weiter ausstrecken.

Erfreut sprang Giwu mit einem Satz auf und lief Richtung Siedlung, die sich mit ihren niedrigen Jarangas auf dem gegenüberliegenden, dem Meer zugewandten Ufer der Lagune schwarz abhob.

Giwu konnte es nicht erwarten, seine Entdeckung zu überprüfen.

Er sah eine Frau bei einem Bach. Sie saß in der Hocke und stopfte einen Ledersack mit den Blättern des Kukunet voll. Weshalb werden diese grünen Blätter genau so genannt wie das Intimste der Frau? Giwu blieb in kurzer Entfernung stehen. Mit glühenden Augen folgte er jeder Bewegung der Frau, und in Gedanken näherte er sich ihr, streckte seine heißen Hände nach ihr aus, riß ihr den Pelz-Kerker vom Leib...

Und dann, nicht imstande, das nach außen drängende Verlangen zurückzuhalten, lief er mit großen Sprüngen gleich dem Braunbär in der Tundra zu der Frau hinüber, zwang sie, das lederne Säckchen loszulassen; es rollte den Abhang hinunter.

»Du hast mir angst gemacht«, sagte die Frau, als Giwu mit einem enttäuschten Aufstöhnen von ihr ließ, denn er fühlte, daß er nicht jene große Freude empfunden hatte, die bekunden würde, daß er neues Leben gezeugt hatte.

»Sag mir, was du empfunden hast, als ich dich nahm?« fragte Giwu.

»Ich hab's dir doch schon gesagt: Angst«, wiederholte die Frau. »Du hast mich nichts fühlen lassen außer Angst.«

»Das heißt, ich bin schuldig«, sagte Giwu gedehnt, während er sich voller Enttäuschung von der kalten harten Erde erhob.

Weshalb war das so? Er hatte diese Frau heftig begehrt, so, als habe ein Feuer in seinem Innern gebrannt. Er wäre, wie ihm schien, wegen ihr über Berggipfel zu gehen bereit gewesen, aber nachdem er sein brennendes Verlangen befriedigt hatte, verspürte er eine solche Enttäuschung, als hätte er seinen Durst mit Neuschnee zu stillen versucht.

Er ging fort von der Frau, und diese lief, ihre Kleider ausklopfend und ordnend, langsam den Hang hinab und machte sich daran, die verstreuten, zerdrückten Kukunet-Blätter einzusammeln.

VI

Nachdem die Walrosse auf ihrem Lagerplatz erlegt worden waren, wurden Kopalchen in Mengen zubereitet und die Fleischspeicher unter der Erde und in Schmelzwassergruben, die an den schattigen Stellen der Täler lagen, gefüllt; bei den Nomaden tauschte man mit Fett gefüllte Ledersäcke gegen Fleisch und Felle des Rens; und die Vorbereitungen zum Walfest wurden in Angriff genommen.

Über Dampf gebogene, hölzerne Reifen wurden mit gut gegerbten Walroßmägen bespannt und mit Griffen aus Walroßhauern versehen. Die Ritualruder wurden bemalt mit Darstellungen der uralten Legende, die von der

Errettung in Seenot geratener Jäger durch die Wale erzählte.

Man dachte sich neue Lieder und Tänze aus, nähte Festkleider und färbte die Fleischseite von Renfellen mit blutrotem Ocker, der am Fuß des Fernen Grats gewonnen wurde.

An diesem Tag wurden die Bewohner des Kaps der Kiesel von dem gewohnten Getöse des sich dem Ufer nähernden Waltrupps geweckt. Es erfüllte den Raum von den sich langsam auf das Ufer zuschiebenden Rändern des Eises bis zu den Felsen, gegen die das von der Kälte schwer gewordene Meerwasser schlug.

Bei Sonnenaufgang begaben sich alle Bewohner der Siedlung, einschließlich der Greise und Kleinkinder, ans Ufer. In Schüsseln lagen rote Garnelen, zerkrümelte Arme von Seesternen, Muschel- und Krebsscherenstücke, getrocknete Quallen, zerkleinertes Seegras. Alles war mit Seehundtran gewürzt.

Die grauhaarigen Greise sangen mit heiseren Stimmen die alten Lieder, deren Ursprung noch auf den legendären Rëu zurückging. Die Frauen und jungen Leute begleiteten sie.

Von unzähligen Walfontänen kochte das Wasser, und in der Luft hing, als sei es Dunst, der Wasserstaub.

Auf ein Zeichen des Ältesten hin warfen die Menschen die Gaben in die Wellen, und die Wale dankten wie auf einen Befehl hin mit hohen Fontänen ihren Brüdern auf dem Festland und entfernten sich langsam auf dem gewohnten Weg zu den Gestaden, wo während der langen Winterzeit das Wasser nicht zufror.

Giwu warf wie alle das Gemisch der heiligen Nahrung, das er selbst um nichts in der Welt in den Mund genommen hätte, in die Wellen, sang die Lieder; doch im stillen dachte er darüber nach, woher der Mensch einen solch festen Glauben in diese sinnlosen Handlungen nahm...

Nach Sonnenuntergang ertönten in der Großen Jaranga die Tamburine; jeder führte den Tanz des Wales auf und versuchte dabei, die anderen in der Kunst, seine Gefühle auszudrücken, zu überbieten.

Langsam zog Giwu die Tanzhandschuhe über: Auf schwarzem Seehundleder waren die Silhouetten kleiner Walkälber gestickt. Wenn der Tänzer die Finger oder die Hände bewegte, gerieten die Waljungen in Bewegung, und es sah aus, als schwämmen sie durch dunkles Meerwasser.

Jedesmal, wenn er zum Takt der Tamburinschläge tanzte, erstaunten Giwu seine unerwarteten Empfindungen. Er schien wieder von neuem zu wachsen, sich über seinen eigenen Körper hinaus zu vergrößern, schien die geräumige Jaranga zu erfüllen, durch das Rauchloch in der Decke zu entweichen und überallhin zu zerfließen, über das ganze Kap der Kiesel, zur Meerenge hin, hinter die Lagune, in die Felsgrotten, die gefüllt waren mit vorjährigem, zu düsterem Eis verwandelten Schnee.

Mit ihm wuchsen sein Herz und die Lungen, welche hier in der Jaranga schon zu wenig Luft bekamen.

Während er tanzte, beschäftigt mit seinen eigenen Gefühlen, sah er niemanden, und die Laute der Tamburine und die Stimmen der Sänger erklangen unmittelbar in seinem Innern.

Aber diesmal bemerkte Giwu plötzlich die Augen der Frau, die er am Ufer des Baches genommen hatte, als es ihn drängte, mit ihr neues Leben zu zeugen. Ja, damals hatte er kaum verstanden, wie es geschehen war, das Verlangen hatte alles überschattet – den Himmel und sogar die harte, mit feinen Steinen übersäte Erde...

Eine Wärme breitete sich in seinem Innern aus, eine unbekannte, neue, als hätte sich jemand in seine Brust geschlichen und entfachte dort geduldig ein Feuer, indem er leicht in ein kleines Flämmchen blies.

Die Hände Giwus bebten auf der Höhe seines Gesichts, er sah das Muster der Handschuhe und durch es, durch die Körper der aufgezeichneten, in trübem Meerwasser schwimmenden Walkälber hindurch – die Augen der Frau. Mit freudiger Unruhe lauschte er der wachsenden Wärme, der Zärtlichkeit, dem neuen Gefühl, in dem nicht jenes grimmige Feuer der Begierde war, sondern ein leises Singen, wie eine auf einem Schneefeld flackernde Flamme.

Während der ersten Schneefälle errichtete Giwu seine eigene Jaranga und führte jene Frau, die von nun an als die seine angesehen wurde, dorthin.

In glühenden Nächten wartete Giwu darauf, daß jenes höchste Glück ihm zuteil werde, welches die Entstehung, den Keim neuen Lebens angekündigt hätte, doch, wie sehr er sich auch bemühte, dies geschah nicht.

Enttäuscht ging er fort in die Tundra, streifte über abschüssige Hänge und ging manchmal so weit fort, daß er erst gegen Morgen nach Hause zurückkehrte.

Lange dachte er nach, alleine. Die Gedanken kamen im Kopf auf wie Stechmücken im Sommer, tauchten unabhängig von seinem Willen auf und verschwanden wieder. Sie waren befremdlich und zudringlich, und er konnte sie nicht so einfach verscheuchen wie Mücken. Sie forderten eine Antwort.

Eines späten Abends erschien die alte Nau und richtete sich in einer Ecke der Jaranga ein. Noch immer zog sie von Jaranga zu Jaranga.

Sie unterhielt sich mit Giwus Frau über das Gerben von

Fellen, das Nähen von Kleidern, die Sehnen, aus welchen die besten Fäden entstehen, und das richtige Trocknen von Seehundflossen, damit die Haut sich so leicht abziehen läßt wie Handschuhe von Händen...

Giwu hörte der Greisin zu, und in ihm schlug ein einziger Gedanke um sich, wie ein in einem Netz gefangener Vogel: Ist sie wirklich unsterblich?

In der Nacht erwachte Giwu von kaltem Schweiß bedeckt. Sein gut gewetztes Messer ertastend, stellte er sich vor, wie die Klinge in den sehnigen, aus unzähligen beweglichen Teilen bestehenden Greisenhals Naus drang und ihr dunkles Blut das weiße Renfell des Nachtlagers rot färbte.

Er hörte sogar, wie die Alte röchelte, während sie den letzten Hauch ausstieß; und das ewige Leben würde in die Ferne entschwinden, in den blauen Himmel, durch die Winterwolken, welche Mond und Polarlicht durchschimmerten.

Giwu wußte nicht, wie sich ablenken, wie diese entsetzlichen Gedanken vertreiben. Er preßte sich gegen seine Frau, fühlte mit dem ganzen Körper ihre zarte, Wärme verströmende Haut. Fügsam rückte seine Frau zu ihm hin, öffnete sich ihm wie eine Frühlingsblume in der Tundra.

Plötzlich spürte Giwu jenes Langersehnte, Geheime... Eine riesige, ganz langsam schwächer werdende Zärtlichkeit, die wie ein süßer Schmerz irgendwo in der Tiefe seines Körpers war, wo sie noch lange verweilte... Und in dem Maße wie sie schwand, erfaßte eine seltsame Glückseligkeit seinen Körper, flog mit ihm auf zu märchenhaften Gipfeln, von wo sie jählings niederstürzte, und der Wind pfiff genau so in seinen Ohren wie in den Augenblicken, da er als Junge auf einem Schlitten aus Walroßhauern die Abhänge der Berge hinuntergesaust war, von den Gipfeln bis zur verschneiten Lagune.

Diesmal war er sicher, daß er neues Leben gezeugt hatte. Der Gedanke an die alte Nau und an ihre Unsterblichkeit erschien jetzt so klein und bedeutungslos, daß Giwu innerlich auflachen mußte; er trat hinaus in die nächtliche Frische der winterlichen Polarnacht.

Er ging in die Tundra, beflügelt von Freude und neuem Gesang, der sich losriß aus seiner Brust, aus dieser riesigen Zärtlichkeit, welche wie eine Wolke seinen Brustkorb erfüllte. Ob das nun diese Große Liebe ist, von der die alte Nau spricht? Und er ist ihrer teilhaftig geworden, sie ist erstanden in ihm als Lohn für seine Geduld und Hartnäkkigkeit?

Giwu sah vor sich dichtes Blau, das schrittweise in einen mit hellen Sternen gesprenkelten Nachthimmel überging. Im Norden, in Giwus Rücken, loderte das Polarleuchten; der Widerschein dieses Feuers der in unterirdischen Gewölben zechenden Wale erhellte die in Schlaf versunkene Erde der Jäger des Meeres.

Giwu überquerte die Lagune, lief zwischen abschüssigen Hügeln der gerade aufgehenden Sonne des kurzen Tages entgegen und fand sich plötzlich am Fuß des Fernen Grats wieder.

Weit war er gegangen. Und er wäre auch noch weitergeschritten, doch da gebot ihm auf einmal eine Stimme Einhalt: »Halt ein und sieh dich um!«

Gehorsam blieb Giwu stehen.

Alles war wie zuvor, nichts Neues oder Besonderes entdeckte er. Unverändert leuchteten am Himmel die Sterne, nur ein ganz klein wenig blasser waren sie vor dem Sonnenaufgang, ja, und das Polarlicht war erloschen...

»Wie siehst du jetzt?«

Die Stimme klang seltsam, als wäre alles ringsum erfüllt von ihr. Sie kam von überall her – von oben, von unten, wohin sich Giwu auch wandte. Das Auftauchen der Stimme verwunderte ihn nicht, als hätte sich dies ereignen müssen.

Der unsichtbaren Stimme folgend, schaute Giwu sich noch einmal um, und da bemerkte er plötzlich, daß er in der Tat irgendwie anders sah, als wären seine Augen ausgespült worden, gereinigt von einem Nebelschleier. Alles erschien ihm erstaunlich deutlich: jede Furche im vom Wind glattpolierten Schnee, jede seiner Farbnuancen, die sich mit dem Licht des Himmels veränderten, jedes Steinchen, jeder trockene Grashalm, der aus dem Schnee herausragte. Seine Nase witterte ferne und nahe Gerüche, von Flußeis, von steinhart gefrorener Erde, die unter dikken Schichten aus Schnee verschwand...

»Von heute an wirst du mehr und besser sehen und hören als sonst irgendein Mensch!«

So sprach die unsichtbare Stimme, und Giwus feines Gehör gewahrte, wie die Stimme leiser zu werden begann, gleich dem in die Weite enteilenden Echo in den Bergen.

Der Brust entrissen sich Fragen: Wer bist du? Warum hast du gerade mich erwählt und nicht irgend jemand anderen? Warum hast du nichts über das Geheimnis der alten Nau gesagt?

Giwu kehrte in die Siedlung zurück; seine Frau betrachtete ihn mit schweigendem Staunen: Nie hatte sie ihren Mann so strahlend gesehen, so glücklich und nicht niedergedrückt von irgendwelchen düsteren Gedanken.

Von diesem Tag an kehrte Giwu immer mit Beute zurück – die Beine trugen ihn gleichsam von selbst dorthin, wo sich die Seehunde versteckten, die auf die Schneedecke des Eises herausgekrochen kamen.

Als man sein Jagdglück bemerkte, fingen die Bewohner des Kaps der Kiesel an, ihn zu seinen Ansichten über die Jagd zu befragen, und zu seiner eigenen Überraschung antwortete Giwu sicher und erteilte immer vernünftige Ratschläge.

Und es wurde üblich in der Siedlung, aus jedwedem Anlaß zu Giwu zu gehen, sogar wenn ein Hund oder ein Kind erkrankte.

Und Giwu gab Rat, versorgte die Menschen mit Medizin, die er aus Kräutern bereitete oder aus Aufgüssen, die aus verschiedenen Teilen der Meerestiere, aus der Galle eines Eisbären und aus eingedicktem schwarzen Bartrobben-Blut bestanden.

Manchmal fühlte Giwu den Drang, selbst die Stimme zu rufen; dann griff er zum Tamburin, befeuchtete die klingende Oberseite mit Wasser, erstickte das Feuer im Polog und begann zu singen, wobei er von Zeit zu Zeit innehielt, um aufmerksam zu lauschen.

Die Worte tauchten von irgendwoher auf, er wußte nicht woher, doch Giwu kam es kein einziges Mal in den Sinn, den Ursprung dieser Stimme zu suchen. Nur die Augen der alten Nau, die tief, ohne Grund und Boden, erschienen, erweckten Unruhe in ihm, aber er mußte nur an etwas anderes denken, und schon verschwanden die Gedanken an diese Greisin von ganz allein.

Schrittweise und unmerklich wurde Giwu zur bekanntesten und unentbehrlichsten Person in der Siedlung, und die Menschen betrachteten es als ihre Pflicht, sich vor jedem bedeutenden Unternehmen mit ihm zu beraten.

Und man fing an, ihn Enenyljyn zu nennen – das bedeutet »der Heilende«.

Giwus Frau gebar einen kräftigen, braunhaarigen Jungen, der sofort laut und fordernd losbrüllte. Die alte Nau rieb ihn mit dem hellblauen Frühjahrsschnee ab, wickelte ihn in ein weiches Hirschkalbfell. Den Bauchnabel bestreute sie mit der Asche verbrannter Rinde, und die Steinklinge, mit der sie die Nabelschnur durchgetrennt hatte, legte sie in ein Ledersäckchen und verbarg dieses an einem geheimen Ort.

»Wie ein Waljunges«, sprach die alte Frau vor sich hin, während sie voller Freude die glänzende Haut des Kleinen betrachtete.

Die Stimmen sagten dem Knaben Wohlergehen voraus, und Giwu spürte, wie sein großes, glückliches, von Zärtlichkeit übervolles Herz ihm schlug in der Brust.

»Sicherlich sind das die Flügel der Großen Liebe«, äußerte er seine Vermutung während des abendlichen Mahls.

Die Greisin schüttelte wortlos den Kopf. »Die Große Liebe erstreckt sich auf alle Menschen«, sagte sie und fuhr fort: »Wenn in deinem Herzen Zufriedenheit ist über das, was du getan hast, so kannst du sagen: Ich habe die Große Liebe erfahren...«

Über das Dorf brach eine unbekannte Krankheit herein.

Die Menschen sahen mit einemmal schlecht, verloren den Geschmack am Essen, lagen tagelang teilnahmslos da, bis sie schließlich still durch die Wolken gingen.

Eilig brachte man die Verstorbenen auf den Hügel der Entschlafenen, doch die nicht mehr gefütterten Hunde schleppten abgenagte Hände, Füße und sogar Köpfe der Toten wieder an.

In Giwus Jaranga kamen die verstörten Bewohner des Kaps der Kiesel.

»Du bist unsere einzige Hoffnung«, sagten die Menschen.

Giwu schwieg, denn er wußte nicht, was er den unglücklichen, verängstigten Leuten antworten sollte. Er selbst war ganz verstört, und jeden Morgen lauschte er mit Furcht dem schläfrigen Atmen des Sohnes, ängstlich auf die Anzeichen der voranschreitenden Krankheit wartend. Es war, als trüge er eine zerbrechliche Schale in sich, gefüllt mit einer wertvollen Flüssigkeit, in welcher seine Liebe zu diesem neuen Leben, zu seinem Jungen, gesammelt war.

»Wir wissen, daß du besser siehst und hörst als wir«, sprachen die betrübten Menschen, »und unsere ganze Hoffnung besteht in dir allein.«

Giwu kleidete sich sorgfältig an; über die Pelz-Kuchljanka zog er einen langen Wildlederkittel, der mit Streifen aus vielfarbiger Rentierhaut, mit Wildleder- und Fellstückchen geschmückt war. An den Füßen trug er niedrige Torbassen, die liebevoll mit einem Ornament gleich dem auf den Ritualrudern bestickt waren. Über die Hände streifte er langsam warme Fäustlinge und nahm den heiligen Stab aus leichtem, knorrigem Holz, dessen Ende mit einer runden Scheibe versehen war, damit er nicht im Schnee versinken konnte.

Das Wetter war erstaunlich ruhig geworden. Die Sonne schien vom Himmelszelt herab, und ihre Strahlen, die vom Schnee und den glatt polierten Hängen der Schneewehen zurückgeworfen wurden, stachen schmerzhaft in die Augen. Giwu zog eine lederne Augenbinde mit schmalen Einschnitten von der Brust hervor und band sie um den Kopf. Die Binde gewährte eine gute Sicht und schützte die Augen vor qualvollen Schmerzen.

Trotz des guten, klaren Wetters prägten das Kap der Kiesel Öde und Menschenleere. Sogar die Hunde lagen zusammengerollt und reglos bei den Jarangas und schauten gleichgültig auf den einzigen Menschen, der, den Stab aus dem heiligen knorrigen Holz schwingend, an ihnen vorüberging.

Der blaue Schatten sprang von einer Schneewehe zur nächsten, als versuche er, den Menschen zu überholen, und der Schatten des heiligen Stabes wurde bald gebrochen, bald verkürzt.

Giwu schritt an der letzten Jaranga vorbei, überquerte eine Schneefläche und erreichte den Fuß der Felsen.

Von dort aus lenkte er, einer Eingebung folgend, seine Schritte in Richtung Meer, und auf einer sonst wellenumspülten, um diese Jahreszeit aber schneebedeckten Erhebung hielt er inne und schaute um sich.

Unterhalb der Felsen leuchtete dunkelblauer Schatten, Packeis erstreckte sich bis in die Ferne, und überall ringsum herrschte eine sonnendurchflutete, blind machende Stille, die Angst erweckte in der Brust und die Kehle austrocknete.

Hier führte der Weg entlang, über den die Bewohner des Kaps der Kiesel auf ihren Hundeschlitten über das Meer zu Besuch in die Nachbarsiedlungen hinausfuhren. Zu einem anderen Zeitpunkt wäre der Schnee an dieser Stelle übersät gewesen mit den Spuren von Schlittenkufen, doch jetzt war hier eine jungfräulich weiße Fläche.

Was ist das? Irgendwelche Fliegen, Mücken…

Aber können sie denn etwa im Schnee existieren? Tagsüber kann man zwar noch die Sonnenwärme spüren, ja: wenn man lange und unbeweglich, das Gesicht dem Licht zugewendet, verharrt – aber nachts herrscht ein solcher Frost, daß sogar die Hunde mit ihrem dichten Fell sich Einlaß in die Jaranga erbetteln. Und da soll es irgendwelche Insekten geben…

Giwu eilte zu den auf dem Schnee flimmernden dunklen Fleckchen und blieb voll Erstaunen wie angewurzelt stehen. Das Herz begann ihm im Halse zu schlagen vor Entsetzen: Vor ihm stand ein Mensch! In Kuchljanka und Torbassen, mit einem roten Malachaj auf dem Kopf. Ein ganz und gar echter Mensch, wirklicher geht's nicht, mit klaren Gesichtszügen und einem schuldvollen Lächeln, aber... so groß wie das Gelenk eines kleinen Fingers, wenn nicht sogar noch kleiner. Giwu starrte ihn an und erschauerte: Noch einen Schritt, und er wäre auf diesen Menschen getreten, hätte ihn zerquetscht unter seinen Schuhsohlen aus Bartrobben-Haut.

»Was bist du denn für einer?« fragte Giwu, nachdem er sich auf die Knie niedergelassen hatte.

»Wir sind Rekkenen«, antwortete das kleine Menschlein.

Und da bemerkte Giwu, daß von überall her lauter solche Menschlein auf ihn zueilten, winzige Löcher im Schnee überquerend, die für sie tiefe Furchen sein mußten. Sie ruderten mit den Armen; deshalb konnte man sie erst in unmittelbarer Nähe genau betrachten. Aber noch mehr staunte Giwu, als er einen auf ihn zujagenden Hundeschlitten sah; die vorgespannten Hunde waren kaum größer als Fliegen.

»Was macht ihr denn hier?« fragte Giwu.

»Wir befördern die Krankheit«, entgegnete der kleine Mensch. »Wir wissen, welches Leid wir eurer Siedlung angetan haben. Aber dies ist unser bitteres Los. Wir bemühen uns immer, in großer Entfernung an den Orten der Menschen vorbeizufahren, doch diesmal hat der Schneesturm unsere Spuren verwischt, uns vom Wege abgebracht, und so sind wir hier gelandet. Nun werden eure Leute so lange erkranken, bis wir durch eure Siedlung gefahren sind. Und für uns, die wir um so vieles kleiner sind als ihr, und für unsere Hunde ist die Entfernung von der ersten bis zur letzten Jaranga des Kaps der Kiesel ungeheuer. Wir benötigen einige Tage, um sie zurückzulegen. Nachts halten wir an, um auszuruhen, und morgens geht es wieder auf den Weg.«

»Was sollen wir bloß tun?« fragte Giwu voller Unruhe.

»Wir selbst wissen es auch nicht«, seufzte das Menschlein, und Giwu bemerkte, wie aus seinem winzigen Mündchen eine gerade noch sichtbare Atemwolke strömte.

Dünn waren die Stimmchen der Rekkenen, etwa wie Vogelpiepsen, aber sie sprachen die Worte klar und deutlich aus.

»Seid ihr zahlreich?« fragte Giwu.

»Ein Dutzend Schlitten«, erhielt er zur Antwort.

Die anderen Rekkenen folgten aufmerksam dem Gespräch, und einige setzten sich sogar auf Giwus Torbassen und bestaunten die Nähte, die ihnen offensichtlich gigantisch erschienen.

»Ich könnte euch ja auf meinem Schlitten durchs Dorf bringen!« schlug Giwu vor.

»Das wäre gut!« Das Menschlein freute sich. »Aber sei nur vorsichtig mit uns, du bist doch ein Riese!«

»Ich werde mir alle Mühe geben«, versprach Giwu.

»Und noch etwas: Unsere Existenz ist für die Menschen ein Geheimnis«, bemerkte der Rekken vielsagend.

»Ich verstehe«, erwiderte Giwu.

Er rannte zu seiner Jaranga zurück, nahm den leichten Schlitten vom Dach, drehte ihn mit den Kufen nach oben und trug auf diese eine dünne Eisschicht auf, damit sie gut über den Schnee glitten.

Er wollte schon die Hunde vorspannen, doch nach kurzer Überlegung beschloß er, auf sie zu verzichten: Wer weiß, ob die hungrigen Hunde nicht am Ende diese kleinen Rekkenen mitsamt ihren Schlittengespannen auffressen.

Giwu beeilte sich; irgendwie befürchtete er, daß er an die Stelle zurückkäme und nichts dergleichen mehr da sei: Für ihn waren diese Menschlein schon sehr unwirklich, und, so seltsam es schien, diese Unwirklichkeit verstärkte sich noch dadurch, daß sie haargenau so aussahen wie echte Menschen.

Er erinnerte sich an das kleine Atemwölkchen, das aus dem Mund des Rekkens gekommen war, und eine erstaunliche Aufregung nahm von ihm Besitz.

Die Rekkenen erwarteten Giwu. Sie trieben die winzigen Hundeschlitten mit ihrer unbegreiflichen, gut festgebundenen Last zusammen; die mückengroßen Hündchen bellten kaum hörbar, und Giwu mußte innehalten, um nicht zu lächeln, wenn er sie anschaute.

Die Rekkenen selbst waren sehr ernst. Sie baten Giwu, ihnen beim Besteigen seines Schlittens zu helfen, denn er war sehr hoch für sie. Giwu zog seine Fausthandschuhe aus und fing an, die Rekkenen und ihre Hündchen vorsichtig, mit zwei Fingern, auf den Schlitten zu heben. Er spürte durch die Haut seiner Finger hindurch ihre lebendigen, winzig kleinen Körperchen, bemerkte die Bewegungen ihrer Händchen und Füßchen, an denen sie Fäustlinge und Torbassen trugen, schaute aufmerksam in ihre ernsten Gesichter und wartete die ganze Zeit darauf, daß er erwachen würde – und diese seltsame Erscheinung verflöge, so wie das immer geschieht nach einem bilderreichen Traum. Aber er erwachte nicht. Mit Umsicht lud er die Rekkenen auf seinen Schlitten, wobei er sie so hinstellte, daß sie nicht herunterfallen konnten.

Schließlich war alles soweit, und er spannte sich ins Zaumzeug. Er ging so den Rand des Küsteneises entlang, daß man ihn von der Seite der Jarangas her nicht sehen konnte. Manchmal drehte er sich um und sah die Rekkenen, die sich auf dem Schlitten aneinanderpreßten und festklammerten. Er hörte das Winseln der kleinen Hündchen, das Aufschreien der winzigen Menschen und versuchte, ruhiger zu gehen und einen ebeneren Weg zu finden, begreifend, daß jedes für ihn kleine Schneehäufchen für die Rekkenen eine sehr hohe Eisbergkette war und jeder Schlag der Kufen gegen ein Eisstückchen sie zu Tode erschrecken konnte.

Giwu ging an der letzten Jaranga vorüber und schlug eine südwestliche Richtung ein, damit der Nachbarort abseits des Weges der Rekkenen, welche die Krankheit beförderten, bliebe.

Noch als er sie auf seinen Schlitten geladen hatte, hatte er zu erkennen versucht, was für eine Krankheit es war und wie sie aussah. Aber die Fracht war fest verschnürt, und nichts war zu erkennen.

Nahe der Pilchyn-Enge hielt Giwu an.

Ein Rekken ging über eine der Latten zur Vorderseite des Schlittens und sagte: »Von hier aus setzen wir unseren Weg allein fort.«

Behutsam nahm Giwu die Schlitten herunter, die kleinen Hunde und die Rekkenen selbst.

Sie machten sich bei den Schlitten zu schaffen, brachten die Zügel durcheinander, schrien auf ihre Hündchen ein, und erneut fühlte sich Giwu seltsam, ihm war unwohl in seiner Haut, und für Augenblicke kam ihm der Gedanke, er sei einfach unerhört gewachsen, ein Riese geworden.

Die Rekkenen nahmen auf ihren winzigen Schlitten Platz. Der, den Giwu als ersten getroffen hatte, kam zu seinem rechten Torbass und sprach: »Wir fahren weiter. Wir danken dir, daß du uns geholfen hast. Aber noch mehr hast du deinen Mitmenschen geholfen. Wir bemühen uns immer, die Wohnstätten der Menschen zu umgehen, aber wir kennen das Land schlecht, und es geschieht öfter, daß wir doch auf sie stoßen...«

»Und wie sieht die Krankheit an sich aus?« entschloß sich Giwu zu fragen.

Entsetzen verzerrte das Gesicht des Rekken, und er sagte mit geheimnisvollem Flüstern: »Diese zu sehen, ist niemandem gegeben. Die Krankheiten sind auf unsere Schlitten geladen, und wir wagen es nicht, sie auszupakken. Aber ein Geist geht von ihnen aus, der die Menschen befällt, wenn wir durch ihre Siedlungen kommen...«

»Und ihr selbst, seid ihr diesen Krankheiten nicht ausgesetzt?« fragte Giwu.

»Uns verschonen sie«, antwortete der Rekken. »Wie sollten sie sonst reisen?«

Die Rekkenen setzten ihre Schlitten in Bewegung und fuhren los, eine kaum sichtbare Spur im Schnee hinterlassend, die man nur ausmachen konnte, wenn man sich tief nach unten beugte. Nach kurzer Zeit, als die Schlitten Giwus Gesichtskreis entschwunden waren, tat er einige Schritte nach vorn, um die Rekkenen einzuholen, aber er konnte sie nicht mehr entdecken und nicht einmal ihre Spuren finden im Schnee: als hätten sie sich in die blaue, von Sonnenlicht durchströmte Frühlingsluft aufgelöst.

Giwu begab sich langsam zurück in die Siedlung.

Er ging in den Tschottagin seiner Jaranga und sagte laut zu seiner Frau: »Die Krankheit ist weggefahren!«

Die alte Nau bemerkte den ungläubigen Ausdruck in ihrem Gesicht und sagte vorwurfsvoll: »Er hat die Wahrheit gesprochen.«

Und später, am Abend, als die Sonne sich über den rosa gefärbten Schnee neigte, redete die alte Nau zu den Menschen, die sich in Giwus Jaranga zusammengefunden hatten: »Die Wahrheit ist immer erstaunlicher als Erfundenes, und manchmal ist es schwer, an sie zu glauben. Es kommt vor, daß ein Mensch seinen eigenen Augen nicht traut. Aber heute seid ihr Zeugen einer großen Wahrheit geworden: Giwu hat die Menschen gerettet. Das Schicksal gibt solche Gabe nur Auserwählten, die fähig sind, an das zu glauben, woran kein gewöhnlicher Sterblicher glauben würde.«

Drittes Kapitel

I

Giwu war schon sehr alt. Enkel wuchsen heran, und sein Sohn, den er vor der von den Rekkenen beförderten Krankheit bewahrt hatte, war an der ganzen Küste berühmt für seine Kraft und sein Jagdglück.

Giwu spürte das Nahen seines Verfalls wie einen sich hinter den Bergen versteckt haltenden Winter. Morgens wollte er schon nicht mehr aufstehen, lag lange auf der Bettstatt herum, streckte den Kopf zum Polog hinaus, um den Himmel durch die Rauchöffnung zu betrachten, atmete die frische Luft ein und sann über das Geheimnis der Unsterblichkeit nach. Fest stand: die alte Nau war noch ganz genau so wie in den Jahren der Kindheit, der Jugend, des Erwachsenseins und schließlich des Alters von Giwu, dieses nicht nur auf dem Kap der Kiesel, sondern in weitem Umkreis bekanntesten, geschätztesten und geehrtesten Menschen. Nichts hatte an ihr gezehrt – weder der Hunger, unter dem man mehr als einmal gelitten hatte in der Siedlung, noch die Kälte, noch der Regen und auch nicht die Schneestürme.

Während der Heiligen Walfeste, wenn man die ersten Schulen begrüßte oder von ihnen für den langen Winter Abschied nahm, beließ man der alten Nau nach wie vor den Ehrenplatz, widmete ihr aber nicht mehr Aufmerksamkeit als dem mit Walfischabbildungen bemalten Ritualruder.

Dafür versäumten es die Menschen nicht, Giwu, den

Allgegenwärtigen, zu lobpreisen, diesen großen Menschen, der die Orte, die reich waren an Jagdgetier, weisen konnte, das Wetter vorhersagen, Kranke heilen.

Was war schon die alte Nau?

Außer den Märchen über die Abstammung der Menschen vom Wal und noch irgendwelchem unglaubwürdigem Geschwätz darüber, daß sie die Frau des Wales Rëu gewesen sei und sogar selber Wale geboren habe, war nichts zu hören von ihr. Selbst daran, daß sie ewig lebte, glaubte niemand, da man es nicht überprüfen konnte.

Aber eines wußte Giwu: Auch wenn Nau nicht unsterblich war, so lebte sie doch auf alle Fälle schon so lange wie kein gewöhnlicher Mensch sonst. Während der wenigen Monate, da sie in Giwus Jaranga gekommen war, hatte er versucht, etwas Besonderes an ihr zu erspähen, etwas, was die Greisin von einem gewöhnlichen Sterblichen unter den Bewohnern des Kaps der Kiesel unterschieden hätte. Aber die alte Nau war zum Gähnen gewöhnlich. Sie aß alles, was alte Leute aßen, vermied dabei harte, feste Nahrung, weil ihre Zähne bis an die Wurzeln abgeschabt waren. Sie hatte einen leichten Schlaf und erwachte oft in der Nacht. Auch unterhielt sie sich über äußerst normale Dinge, und wenn es sie nicht reizte, ihre Geschichten von den Walen zu erzählen, klatschte und tratschte sie über reine Frauenangelegenheiten. Es zuzugeben war beschämend, doch Giwu hatte nicht nur ihre Gewohnheiten und Verhaltensweisen ausgekundschaftet, sondern ihr sogar heimlich zugeschaut, wie sie ihre Notdurft verrichtete. Nichts Besonderes auch da, alles haargenau so wie bei jedem Greis…

Was also ließ sie so lange leben?

Und wieder fragte Giwu danach.

»Es ist nicht das erstemal, daß man mir diese Frage

stellt«, bemerkte Nau, und ein Hauch von Unzufriedenheit lag in ihrer Stimme.

»Die Menschen sind neugierig«, beharrte Giwu.

»Ich empfinde mich nicht als jemand, der lange lebt«, antwortete Nau ausweichend.

»Und dennoch bist du bis auf den heutigen Tag, da ich schon ein Greis bin, so geblieben, wie ich dich bereits aus meinen Kinderjahren kenne«, sagte Giwu.

»Warum fragst du nach unwesentlichen Dingen?« versetzte die alte Nau verärgert. »Bewegen dich etwa keine anderen Sorgen?«

»Aber wenn man versuchte, dich zu erschlagen, wäre es doch spannend zu sehen, ob du an einer Körperverletzung sterben würdest?« fragte Giwu.

Mit Erstaunen betrachtete ihn die Greisin, und zwei kleine matte Tränen rollten ihr über die Wangen.

»Wie kannst du so etwas sagen?« schluchzte sie auf. »Du bist sicher krank... Kann denn ein Mensch die Hand gegen einen anderen Menschen erheben? Sobald er das tut, hört er doch auf, ein Mensch zu sein...«

Giwu verstand später, daß eben diese unvorsichtig hervorgesprudelte Frage sein Fortgehen durch die Wolken in die andere Welt beschleunigte... Wie hatte er nur dergleichen fragen können? Fortan spürte er tiefes Mitgefühl in Naus Blick, obwohl der Greis munter wirkte und bis zu seinem Tode niemals erkrankte. Nur seine Kräfte schwanden wie ein Bach im Sommer, der in dem Maße versiegte, wie der ihn nährende Schnee dahinschmolz.

Und zuletzt blieb dem alten Giwu nicht einmal mehr die Kraft, die alte Nau zu hassen.

Er verstand: Wie wohl er sich auch fühlte, welche Ehren man ihm auch bezeugte, das wahre Glück war auf der Seite der alten Nau, die dem Aussehen und ihrem

Leben nach eine gewöhnliche Greisin war. Aber eine, die das Geheimnis der Unsterblichkeit kannte, und die Große Wahrheit. Ja, sie sprach von der Großen Liebe, aber man verhielt sich zu ihr wie einem uralten Märchen gegenüber.

Nachdem er sich bis zum Mittag auf dem weichen Renfellager gewälzt hatte, verließ der alte Giwu die Jaranga und ließ sich auf einem großen Stein nieder, der das Dach aus Walroßhaut festhielt. Er saß da, und Leute kamen vorüber. Sie grüßten Giwu ehrerbietig und fragten wie üblich um Rat.

Nach ihm würde alles bleiben. Der hohe Himmel und die Wolken, die Felsen und das Meer... Seine Mitmenschen würden schließlich sterben, aber mit den ewigen Bergen, Wolken, Himmel und Wind würde auch diese Greisin weiterleben – die alte Nau.

Armagirgin, sein Enkel, kam herbeigelaufen. Er hätte den Großvater beinahe vom Stein gestürzt und lachte laut, als er sah, wie dieser schwankte und nach einem Halt in der Luft griff.

»Du bist nicht lieb«, meinte Giwu vorwurfsvoll zu ihm. »Wie kann man nur über einen Schwachen und Kraftlosen lachen?«

»Aber das ist doch so lustig!« versicherte ihm Armagirgin. »Wie der Fisch Kanajelgin, wenn er auf dem Trockenen liegt!«

Giwu betrachtete seinen Enkel und erkannte sich in ihm als Kind wieder. Sicher, anders als er war Armagirgin von kräftiger Gestalt, lebhaft und mitteilsam. Aber Giwus verborgen gebliebene Eigenschaften traten bei seinem Enkel offen zutage wie auf einer Kuchljanka aufgestickte, grelle Ornamente. Eigenliebe, das Bestreben, andere zu beherrschen, und eine süße Befriedigung, wenn diese sich unterordneten – all das war ihm so vertraut... Aber während Giwu seinen brennenden Ehrgeiz noch mit langer und hartnäckiger Arbeit und Nachdenken befriedigt hatte, nahm Armagirgin den Erfolg im Vorbeigehen mit.

Vieles war natürlich damit zu erklären, daß er der Enkel solch eines Menschen wie Giwu war.

Aber wie groß würde seine Enttäuschung sein, wenn er sah, daß es einen Menschen gab, den er nicht überflügeln konnte. Selbst wenn man so tat, als existiere Nau nicht, als rege ihre Anwesenheit nicht auf – sie war doch immer wie ein stummer Vorwurf, wie eine Verkörperung des Gewissens. Diese alte Nau – die ewige Greisin, die wie außerhalb der Zeit lebte mit immer ein und demselben Märchen von den Walen.

Giwu erinnerte sich daran, was Armagirgin gesagt hatte, als er hörte, daß im Meer seine Brüder, die Wale, schwimmen. »Ich will nicht, daß diese häßlichen Untiere meine Brüder sind!« hatte der Junge hysterisch geschrien. »Sie sind riesig, schwarz und schrecklich!«

Die alte Nau hatte voller Entsetzen auf den Jungen geschaut und etwas geflüstert – sicherlich ihre Walbeschwörungen. Damals war es nur mit Mühe gelungen, den Jungen zu beruhigen. Aber mit dem Heranwachsen hatte er sein Verhältnis zu den Märchen der alten Nau nicht geändert, und über sein Gesicht huschte stets ein spöttisches Lächeln, wenn jemand in seiner Gegenwart das uralte Märchen von der Herkunft des Küstenvolkes zu erzählen begann.

Als Armagirgin zum erstenmal auf das junge Eis hinausging, das gerade erst das Meer bedeckt hatte, übergab ihm Giwu den wundersamen Stab aus dem ganz leichten, knorrigen Holz und sprach zu ihm: »Diesen Stab hat durch viele ferne Länder unser Vorfahr Enu auf der Suche nach der Wahrheit mit sich getragen.«

»Und hat er sie gefunden?« fragte Armagirgin hastig.

»Er hat, nachdem er von der weiten Reise zurückgekehrt war, gesagt: Es gibt nur eine Wahrheit – nichts ist schöner als unsere Erde, als die Heimat...«

»Ist das alles, was er mitgebracht hat?« spottete Armagirgin.

»Und noch diesen Stab hat er mitgebracht, der in unserem Geschlecht an den Würdigsten übergeht«, fuhr Giwu fort.

Ohne sichtbare Erregung nahm Armagirgin den heiligen Stab und war erstaunt über dessen Leichtigkeit.

»Möge er dir Glück und Erfolg bringen«, sagte Giwu mit vor Erregung und überschäumender Liebe zitternder Stimme zu seinem Enkel.

»Ich werde erst einmal versuchen, selbst ein Tier zu erlegen«, erwiderte Armagirgin und ging mit seinen Altersgenossen auf das Meer hinaus.

Mit reicher Beute kehrten sie heim: Armagirgin schleifte drei Seehunde hinter sich her. Seine Begleiter erzählten später, wie er die Robben fing; und wenn er ein Tier erwischt hatte, habe er es weit vom Wasser weggezogen, sich auf seinen Rücken gesetzt und sich mit lautem Gelächter von dem armen Tier zum Meer zurückschleppen lassen. Direkt beim Wasser sei er abgesprungen, habe die Robbe wieder fortgezogen vom Eisrand und sich erneut auf sie gesetzt, so lange, bis das entkräftete Tier seinen Kopf in den Schnee gelegt habe.

Diese Erzählungen belustigten alle, und nur die alte Nau schüttelte vorwurfsvoll den Kopf und flüsterte ihre Walbeschwörungen.

Als Giwu fühlte, daß der Tod schon auf der Schwelle zu seiner Jaranga stand, ließ er Armagirgin zu sich rufen. Fröhlich und ungeduldig kam der Junge herbei; es war offensichtlich, daß er nicht lange in dem Modergeruch des schlecht gelüfteten Pologs bleiben wollte, wo es schon nach Verwesung roch.

»Mein Enkel«, begann Giwu eindringlich zu reden und faßte Armagirgin bei der Hand, als befürchtete er, dieser könnte ihn nicht ausreden lassen, nicht hinhören und davonlaufen zu seinen lauten Freunden, die hinter der Wand der Jaranga lärmten. »Zum Abschied will ich dir sagen: Du wirst viel erreichen im Leben, mehr als ich – ich fühle es... Nur will ich dich warnen: Du bist nichts, solange du das Geheimnis dieser alten Frau nicht erraten hast...«

»Welcher Frau?« fragte Armagirgin erstaunt.

»Der alten Nau...«

»Ach die!« Armagirgin winkte ab. »Die ist doch verrückt! Und was sie sagt, langweilt alle schon seit Urzeiten, denn es ist nicht wahr!«

»Armagirgin!« Giwu versuchte, die Hand des Enkels fester zu drücken, doch da verließen den Greis die letzten Kräfte, und sein Geist entwich, geradenwegs durch das weit geöffnete Rauchloch aufsteigend, durch die Wolken...

II

Ja, das war ein wirklicher Mensch, den man überall, wo immer Jäger des Meeres und Rentierzüchter wohnten, mit glänzenden Augen betrachtete.

Stark, schön, groß, mit lauter Stimme, die das stille Wasser der Lagune sich kräuseln ließ; Armagirgin behauptete, das ganze Glück des Menschen bestehe in seiner Kraft, der Mensch könne alles, und ihm sei alles erlaubt.

Schon in seiner Kindheit hatte er über die Frauen gelacht, die in den Mauselöchern ein Stückchen Wurzel zurückließen und den Mäusen sogar noch ein Stück getrockneten Fleisches als Gegengeschenk darbrachten.

»Diesen kleinen nichtigen Wesen muß man alles wegnehmen!« sagte Armagirgin, und mit einem beinernen Härklein zerstörte er die Mauselöcher, nachdem er die Pelkumrets restlos herausgeklaubt hatte. Wenn er Fischnetze in der Lagune aufstellte, versuchte er alles, bis hin zur Fischbrut, in seinen Kessel zu bekommen.

Und bei diesen Tätigkeiten sprach und lachte er laut.

Die Menschen fühlten sich wohl mit ihm, denn jeder konnte sagen, was er wollte, machen, was ihm paßte, und seine Bedürfnisse genauso schnell und einfach befriedigen, wie er schlief und aß.

Nach und nach hörten die Menschen auf, den Meeresriesen für ihre Hilfe bei der Jagd zu danken. Armagirgin behauptete, es habe nur den Anschein, als trieben die Wale die Meerestiere zu den Ufern; in Wirklichkeit kämen die Tiere von allein, weil sie dazu gezwungen seien.

Im Herbst, als hinter dem Kap auf dem von der kalten, schäumenden Brandung umspülten Kieselufer die Walrosse aufs Land kamen, wurde beschlossen, sie frühmorgens, bei Sonnenaufgang, abzustechen.

Die Jäger schlichen sich von oben an, heimlich näherten sie sich von den Felsen und fielen über die friedlich ruhenden Tiere her. Wahllos schlachteten sie alle ab, alte wie junge. Das dumpfe Stöhnen und qualvolle Atmen der Walrosse stiegen über dem Meer auf und verwoben sich mit dem scharfen Geruch der kalten Brandung.

Als das letzte Walroß erschlagen war, hob Armagirgin sein blutiges Messer in die Höhe und schrie so laut und siegesstolz, daß von den nahe gelegenen Felsen Hunderte der dort nistenden Vogelscharen aufflogen.

Und in der Ferne schwammen die Wale, und ihre Fontänen stiegen auf über dem Wasser.

»Wir!« schrie Armagirgin. »Wir sind die wirklichen Herren der Erde! Alles, was wir brauchen, werden wir uns nehmen, ohne irgend jemandem zu danken, ohne irgend jemanden zu fragen!«

Den ganzen Winter über lagen die Bewohner des Kaps der Kiesel in satter Mattigkeit herum. Die unterirdischen Fleischspeicher waren übervoll. Auf die Jagd ging nur, wer Lust auf frisches Seehundfleisch verspürte. Abends schlug man in der Großen Jaranga die Tamburine und sang Lieder über das menschliche Glück, darüber, daß starken Leuten alles erlaubt sei und das Heldentum eines Menschen, eines wirklichen Mannes darin bestehe, das heutige Glück zu ergreifen wie ein schönes Mädchen bei seinem wehenden Haar.

Armagirgin nahm sich noch eine Frau, denn von dem übermäßigen Essen entwickelte er solche Kräfte, daß ihm eine Frau nicht mehr genügte, und ein Jahr später, nachdem man den Lagerplatz der Walrosse vernichtet hatte, nahm er auch noch eine dritte.

Die Sänger verfaßten Lieder über ihn, und in den Tänzen wurde er als großer Mensch dargestellt, der den Menschen das wahre Glück des Lebens in der Gegenwart gegeben habe. Das war keine Versprechung von zukünftigem Heil, das waren nicht Scheinvertröstungen, während der unglückliche Mensch den unbegreiflichen Göttern Stücke getrockneten Fleisches vorwarf – das war sattes Glück, das den Menschen laut rülpsen ließ und auf alles von oben herabblicken, als schwebe er plötzlich über der Erde.

Im darauffolgenden Herbst kamen die Walrosse nicht zu ihrem Lagerplatz. Sie zogen einen großen Bogen um das Kap der Kiesel, und die Menschen mußten sie in großer Entfernung vom Ufer jagen.

Aber das stachelte und feuerte die Jäger nur an, die nicht wußten, wohin mit ihren während des satten Winters gesammelten Kräften. Mit starken Armen ruderten sie und brachten die Boote auf eine derart hohe Geschwindigkeit, daß es manchmal schien, als versuchten sie, mit den Walen zu wetteifern, die wie bisher ohne Furcht vor den Menschen neben den Booten einherschwammen.

»He ihr, Ahnen!« brüllte Armagirgin ihnen zu. »Nun zeigt mal, Brüder, wie ihr schwimmt!«

Und die Wale eilten, als verstünden sie die Herausforderung, neben den Booten her und bespritzten die darin Sitzenden mit den Wassertropfen ihrer Fontänen.

Als die Jäger mit den erlegten Walrossen im Schlepptau an Land zurückkehrten, warteten am Ufer schon die Frauen und Alten. Mit ihnen war auch die alte Nau gekommen, die in den letzten Jahren sehr schweigsam geworden war. Sie war wohl noch mehr gealtert, klagte allerdings niemals über ihre Gebrechen.

Von einer Jaranga zur anderen ziehend, umging sie immer Armagirgins Wohnstatt, doch dieser lächelte nur schief und meinte, die Anwesenheit dieser hohle Märchen erzählenden Alten stimme ihn trübsinnig.

»Kann ein Mensch denn glauben, daß diese dicken stummen Geschöpfe, diese Fett- und Fleischberge, unsere Brüder sind?« meinte Armagirgin, große Reden schwingend. »Um sich so etwas auszudenken, muß man eine krankhafte Erfindungsgabe besitzen, einen altersschwachen Verstand und keinen Glauben an die große Überlegenheit des starken Menschen über alles Getier!«

Die Menschen hörten den Worten Armagirgins aufmerksam zu und begannen ihm beizustimmen, anfänglich im Herzen, dann auch laut, denn was er sagte, war klar und verständlich – im Gegensatz zu den befremdlichen Behauptungen der alten Nau über die Verwandtschaft mit den Walen.

Sie waren stolz auf ihren Landsmann Armagirgin, lobpriesen ihn auf verschiedenste Weise und erwähnten seinen Namen bei jeder Gelegenheit.

Armagirgin aber wußte nicht, was er mit seinen großen Kräften anfangen sollte.

Einmal fuhr er in einem Einerkajak nach Irwytgyr – einer schmalen, durch eine lange Landzunge mit zwei hohen Bergen vom Meer abgetrennten Bucht.

Mit einem kleinen Doppelpaddel steuerte er der aufgehenden Sonne entgegen und sang dabei laut:

Über allem stehe ich auf dieser Welt!
Niemand überbietet meine Kraft!
In Meerestiefen und auf Himmelshöhn –
Wohin ich will,
Gelange ich!

Der Kajak glitt über seinen Sonnenpfad dahin, als flöge er mit unsichtbaren Flügeln über das Meer. Das Wasser gurgelte unter dem Lederboden des Bootes, den Gesang des Jägers begleitend, und auf den Wellen sprang und tönte der Kajak.

Als die Ufer in einem Dunstschleier verschwunden waren, hielt Armagirgin an und schaute sich um. Er liebte es, so allein ins Meer hinauszufahren, um seine Kräfte zu erproben, um noch einmal zu spüren, wieviel ein starker Mensch kann, der mit einem spitzen Speer bewaffnet ist.

In der Nähe blitzte der Kopf eines Seehundes auf. Einen Augenblick später hatte Armagirgin seine Harpune hineingestoßen und den leblosen Körper an der Bordwand des Kajaks festgebunden. Nur wenige Zeit später hing ein zweiter Seehund von der anderen Bordwand ins Wasser. Etwas Besonderes wollte Armagirgin vollbringen, sich irgendwie ergötzen, mit seiner Kraft spielen.

Wenn wenigstens der Wind blasen würde, daß er mit den Wellen kämpfen, die Gewalt dieses Naturelements spüren, als Sieger aus dem Kampf mit ihm hervorgehen könnte.

Aber der wolkenlose Himmel und die Stille zeigten, daß Ruhe und gutes Wetter über der Meeresweite andauern würden.

Armagirgin spielte mit dem Doppelpaddel, wendete den Kajak, drehte hin und her, doch niemand war auf dieser weiten Fläche, der ihn sehen und seine Kraft und Geschicklichkeit bewundern konnte. Nur die Wale tummelten sich wie üblich in der Nähe, und da er ihnen gegenüber seine ewige Feindseligkeit empfand, schrie er ihnen verletzende und herausfordernde Worte zu.

Die Sonne trat ihre Bahn zurück zum Horizont an, und Armagirgin näherte sich dem Ufer, wobei er langsam das Wasser mit dem Paddel zerteilte.

Als die Jarangas schon in Sichtweite waren, bemerkte der Jäger einen schnauzbärtigen Kopf – eine Bartrobbe.

Armagirgin fühlte, wie das Blut in ihm zu kochen begann.

Er machte die Seehunde los, die sogleich auf den Grund sanken, und jagte den Kajak auf die Robbe zu. Doch diese tauchte unter und hinterließ nur ruhig auseinandertreibende Kreise.

Verärgert spuckte Armagirgin ins Wasser und lenkte

den Kajak langsam zu der Stelle, wo nach seiner Vermutung das Tier auftauchen mußte.

Es kam so nah beim Boot hoch, daß Armagirgin vor Überraschung zusammenzuckte. Die Bartrobbe schien irgendwie höhnisch den Jäger zu betrachten, und ebenso spöttisch-langsam verschwand sie wieder unter Wasser, und Armagirgin sah deutlich, wie der graue Robbenkörper steil nach unten in die Tiefe forttauchte.

Dies machte Armagirgin endgültig wütend, und er war bereit, dieser spottlustigen Bartrobbe in den Meeresabgrund zu folgen.

Der Jäger ruderte zu der Stelle, wo die Bartrobbe auftauchen mußte, und sobald sie sich zeigte, beugte er sich schnell vor und versuchte, sie mit beiden Händen zu pakken, doch... die Robbe entglitt ihm mit Leichtigkeit und tauchte steil hinab.

Armagirgin schimpfte kräftig und bereitete seine Harpune vor.

Diesmal kam die Robbe ziemlich weit vom Kajak entfernt hoch. Der Jäger warf die Harpune, wobei er die ganze Kraft seiner Bosheit in den Wurf legte. Die Spitze durchstieß die Haut des Tieres, als wolle sie es am Kajak annähen. Vorsichtig zog Armagirgin an der Leine, brachte das verwundete Tier langsam näher, damit er ihm keinen Schaden zufüge.

Mit weit aufgerissenen Augen, als bitte sie ihn, er möge sie vor Qualen bewahren, sah die Bartrobbe Armagirgin an, doch dieser lachte nur höhnisch, sang aus vollem Halse und ruderte aus allen Kräften. Sein Kajak schwamm so schnell, daß hinter ihm das Wasser aufschäumte.

Wie gewöhnlich standen seine Mitmenschen am Ufer, um ihn mit lauten Begrüßungsrufen zu empfangen, seine Kraft und sein Jagdglück zu lobpreisen.

Armagirgin zog die Bartrobbe heran und sagte: »Nicht töten!«

Mit diesen Worten sprang er an Land und fiel mit einem scharfen Messer über die Robbe her. Vom lebenden Tier nahm er die Haut und die Fettschicht. Dergleichen hatten die Menschen niemals gesehen, und wie sehr sie Armagirgin auch ehrten und fürchteten, diesmal verstummten sie, von Entsetzen gepackt.

Der Körper des armen Tieres war eine einzige blutende Wunde. Mit schadenfrohem, lauten Gelächter hob Armagirgin die Robbe hoch, warf sie ins Wasser und behielt die abgezogene Fettschicht und Haut an Land zurück.

»Nun, jetzt schwimm und erzähl deinen Meeresgöttern, wie groß und stark Armagirgin ist!« schrie der Jäger. »Erzähl ihnen eines der Märchen, wie unsere verrückte alte Nau sie erzählt! Wo ist sie überhaupt? Weshalb ist sie nicht ans Ufer gekommen?«

»Sie ist erkrankt«, erklärte jemand.

»Wie, erkrankt?« fragte Armagirgin mit finsterem Blick. »Sie ist doch ewig und niemals krank!«

In der Tat, niemand konnte sich entsinnen, daß die alte Nau jemals leidend gewesen war.

Aber diesmal hatte sie sich wirklich krank niedergelegt und die Jaranga nicht verlassen.

Die zerschundene Bartrobbe schwamm langsam vom Ufer fort, und hinter ihr zog sich eine Blutspur durch das durchsichtige, klare Wasser.

Die Sonne versank im Nu im Meer, und plötzlich kamen von irgendwoher überraschend Wolken auf am Horizont und brachten Wind mit sich. Die glatte Wasseroberfläche des Meeres begann sich zu kräuseln, und als die Menschen zu ihren Jarangas hinaufstiegen, rollte die erste Welle über das Ufer.

An der Küste änderte sich das Wetter schnell und unvorhersehbar, aber so wie an diesem Tag war es, soweit die Menschen sich erinnern konnten, noch niemals.

Ein einziger Windstoß riß gleich mehrere Dächer fort. Ein großer Ledereimer wurde mit Gedonner zwischen den auf Unterständern befestigten Booten hindurchgepeitscht. Die Girlanden aus zum Trocknen aufgehängten Walroßmägen wurden weggerissen und über die Lagune hinausgetragen.

Als hätte es nie einen hellen Sommertag gegeben: Alles war dunkel geworden, schwarz, und strömender Regen ergoß sich aus dem niedrigen Himmel.

Die Rufe der Menschen, die ihre Wohnstätten befestigten, mischten sich mit dem Heulen des Windes, das Getöse der über das Ufer hereinbrechenden Wellen wurde zerrissen vom Jaulen der erschrockenen Hunde und dem Weinen der kleinen Kinder.

Zudem wurde die Dunkelheit noch von zuckenden Blitzen erhellt.

»Ilkej! Ilkej!« schrien in ihrer Furcht die Menschen.

Die feurigen Pfeile durchzogen den Himmel, und die Rauchöffnungen der Jarangas erstrahlten in unheilvollem blauen Schein.

Armagirgin saß in seiner Jaranga und umklammerte mit zitternden Händen den Griff des heiligen Tamburins, das der selige Giwu ihm hinterlassen hatte. Er versuchte, sich der Worte eines Liedes zu erinnern, aber ganz andere Worte erinnerte er, jene, mit denen er sich für gewöhnlich ans Meer, an die Tiere und sogar an seine Mitmenschen wandte.

Wie nur lauteten sie, diese Worte der Güte und Liebe?

Angstgeschüttelt löste Armagirgin seine Hände von dem Tamburin, kroch aus seiner Jaranga und, sich unter dem Wind krümmend und an den Unebenheiten des Bodens festklammernd, kämpfte er sich durch bis zu der Jaranga, in der die alte Nau darniederlag.

»Ah, da bist du ja«, empfing ihn die Greisin mit schwacher Stimme.

»Was ist das?« fragte Armagirgin voller Angst. »Doch nicht etwa die Rache für das, was ich getan habe?«

»Das ist nur eine Vorwarnung«, äußerte Nau leise. »Das Unwetter geht vorüber, es kann nicht ewig währen; allerdings solltest du dich mit fremdem Blick, mit anderen Augen betrachten.«

»Und mit welchen?« fragte Armagirgin.

»Mit denen der Großen Liebe.«

Armagirgin schwieg eine Weile: Seit seiner Kindheit hörte er dieses Märchen, aber selbst jetzt beim Schein der Blitze und unter dem Getöse des Sturmes hörte er nicht auf, zu zweifeln...

»Was soll ich tun?« fragte er.

»Nach dem Gewissen leben«, sagte die alte Nau.

»Und wie macht man das?« Armagirgin verstand nicht.

Die alte Nau richtete sich, auf einen Ellbogen gestützt, leicht auf und schaute erstaunt auf Armagirgin.

Armagirgin verließ die alte Nau in einem ihm unbegreiflichen inneren Widerstreit. Ja, er verstand, daß er durch seine Taten den Aufruhr der Naturgewalten herausgefordert hatte. Aber andererseits, auch früher schon hatte es heftige Unwetter gegeben...

Riesige Wellen überfluteten die niedrig gelegenen Stellen des Kaps der Kiesel. Die Bewohner der Jarangas, welche sich auf der Seite des Meeres befanden, verließen ihre Wohnstatt und liefen, gebeugt von der Last ihres Hausrats, auf die andere Seite der Lagune, wohin die Wellen nicht gelangen konnten.

Mit Mühe gelangte Armagirgin bis zu seiner Jaranga.

Die Wellen hatten bereits eine Wand, die dem Meer zugewandte, niedergerissen, und das schäumende Wasser drang in den Tschottagin. Die Feuerstelle war schon überflutet, und Seesterne und Wasserpflanzenreste schwammen zwischen der Asche. Noch eine Welle rollte heran, und mit ihr wurde ein Walroßkalb herbeigespült, dessen Hauer gerade erst die Haut durchstoßen hatten. Auf drollige Weise schlug es mit seinen Flossen um sich in dem Versuch, sich am Boden festzukrallen, und traurig zwinkerte es mit seinen kleinen, hinter dicken Hautfalten verborgenen Augen. Nichts Außergewöhnliches wäre an diesem Jungtier gewesen, hätte es nicht diese grellrote Haut besessen, die zu brennen schien.

Mit der nächsten Welle wurde das Walroßkalb zurück ins Meer geschwemmt.

Gegen Morgen begann der Sturm sich ein wenig zu beruhigen.

Armagirgin trat hinaus ins Freie.

Der Wind blies noch immer so kräftig, daß das Meer zu kochen schien. Die riesigen Wellen leuchteten wie Bergkämme, und der Widerschein der schäumenden Gischt flackerte noch am Horizont.

Schweigsam und niedergeschlagen kehrte Armagirgin in seine Jaranga zurück.

III

Die Menschen bemerkten, wie sehr die alte Nau sich seit dem denkwürdigen Unwetter verändert hatte, als beinahe die Jarangas vom Kap der Kiesel fortgeweht worden wären. War sie auch früher schon eine alte Frau gewesen, so doch eine noch kräftige, jetzt aber wirkte sie gebrechlich; sicher sah sie auch schlechter, denn sie verwechselte die Menschen; oft antwortete sie auf unpassende Weise. Das einzige, woran sie sich gut erinnerte und wovon sie noch immer erzählte, war das allen bekannte Märchen über die Abstammung des Küstenvolkes vom Wal.

Die Menschen verbargen ein spöttisches Lächeln, wenn sie mit vor Alter zittriger Stimme von ihrem längst vergangenen Leben in Einsamkeit berichtete, als sie barfüßig und glücklich über das weiche Gras streifte in Erwartung der Großen Liebe, welche ihr im Angesicht des Wales aus der Ferne des Meeres erscheinen sollte.

Wenn kleine Kinder die Greisin laut zu necken anfingen, gab es nur noch wenige, die ihnen Einhalt geboten: Man hatte anderes zu tun.

Schwierig war das Leben des Küstenvolkes geworden. Häufig geschah es, daß zu Beginn der Kälteperiode die Vorratskammern für Fleisch nur zur Hälfte gefüllt waren; dann mußten die Menschen bei klirrender Kälte weite Strecken auf dem zugefrorenen Meer zurücklegen, um Robben oder Eisbären zu suchen.

An kalten Abenden, wenn ein spärliches Feuer den Polog erhellte, erinnerte sich mancher daran, daß es eine Zeit gegeben hatte, da das Ufer des Kaps der Kiesel von Tieren wimmelte und die Jagd für die jungen Männer mehr eine Zerstreuung und Kraftprobe war als harte Arbeit.

Mehrmals kamen die Rekkenen zum Kap der Kiesel und brachten Krankheiten. Aber es gab schon keinen Menschen mehr, der sie hätte finden und ihnen helfen können, schneller die Siedlung zu durchqueren. Deshalb starben Menschen, und der Weg zum Hügel der Entschlafenen bedeckte sich nicht mit Schnee.

Armagirgin schonte sich nicht. Beim ersten Schimmer der Morgenröte ging er aufs Eis hinaus und kehrte erst tief in der Nacht zurück. Meistens mit leeren Händen: Der Frost hatte das offene Meer erstarren lassen; es wehte kein Wind, so daß nirgendwo eine offene Stelle im Eis war.

Am häufigsten waren die Spuren von Eisbären anzutreffen. Armagirgin hatte sich überlegt, daß man, der Spur dieser Herren des Eises folgend, manchmal auf einen halb abgenagten Seehundkadaver stoßen konnte. Zu anderen Zeiten wäre es nicht nur frevelhaft, sondern auch noch höchst schmachvoll gewesen, eine solche Beute nach Hause zu bringen. Aber wenn dort die hungrigen Kinderchen warteten, ja, und wenn man selber so sehr an Essen dachte, daß der leere, sich krampfende Magen schmerzte, blieb keine andere Wahl.

Auch jetzt folgte der Jäger, darauf bedacht, sie nicht aus den Augen zu verlieren, der Fährte eines Eisbären. Die Abdrücke im Schnee sahen häufig so aus, als habe das Blau des Winterhimmels sich in sie ergossen und mit ihm Sternengefunkel und regenbogenfarbene Splitter des Polarleuchtens.

Die eisige Winterluft schnitt in die Lungen, vertrieb die letzten Überbleibsel an Wärme. Armagirgin versuchte, langsam zu atmen; jedes Ausatmen hielt er zurück und ging mit gemessenem, doch weit ausholendem Schritt. Der Eisbär hatte einen ebenen Weg gewählt, hohe Eisschollen und -berge umgangen.

Seine Spur war rein; das mahnte den Jäger zur Vorsicht: Es bedeutete, daß der Bär keine Beute mit sich trug, also nichts hatte, was er mit dem Menschen teilen könnte.

Als Armagirgin schon daran dachte, die Verfolgung abzubrechen, erblickte er den Bären. Er stand auf einer niedrigen Eisscholle und schaute auf den Menschen.

Ruhig stand er, voller Vertrauen in sich und seine Kraft. Seine leicht spitze Schnauze mit der kleinen schwarzen Nase am Ende zeigte ein offen spöttisches Lächeln über den schwachen hungrigen Menschen.

Armagirgin spürte Wut in seiner Brust.

Warum sollte er den Eisbären nicht erlegen? Auch wenn er allein war und keinen Helfer hatte, der die Aufmerksamkeit des Tieres ablenkte, wie es die Bewohner des Kaps der Kiesel bei der Bärenjagd zu tun pflegten.

Aber der Bär wollte sich offensichtlich mit dem Menschen nicht messen. Ohne Eile kam er von der Eisscholle herab, und ebenso gelassen trat er, mit den Ausstülpungen seiner Pfoten den feinen, trockenen Schnee aufwirbelnd, den Rückzug an.

Mit gefälltem Speer stürzte Armagirgin sich auf den Bären. Kaum hörte das Tier den Verfolger, schaute es sich um, und seine gleichmütige Schnauze erstarrte in einem Ausdruck des Erstaunens.

Es blieb stehen und drehte sich dem Jäger zu.

Armagirgin lief weiter heran und stieß den Speer mit aller Kraft, die er besaß, unterhalb der Vorderpfote in die Herzgegend des Tieres.

Mit einem nahezu menschlichen Stöhnen fiel der Bär nieder und zerbrach dabei den Schaft des Speeres. Seine Augen, in denen noch der Ausdruck des Erstaunens leuchtete, überzog nach und nach der Schleier des Todes.

Eine Zeitlang stand Armagirgin reglos über dem am Boden liegenden Tier und fühlte, wie eine riesige glühende Lawine aus Freude und Stolz über sich selbst in ihm wuchs.

Nicht fähig, seine Gefühle zurückzuhalten, stieß er einen wilden und lauten Schrei aus, und seine Stimme wurde von den scharfen Kanten des Packeises zurückgeworfen und über die weiße Welt getragen, die übersät war von einem Chaos aus Eistrümmern.

»Ich habe ganz allein einen Eisbären getötet! Mit meinen eigenen Händen habe ich den Speer in ihn gebohrt, und da liegt er vor mir, der Herrscher des Eises! Nun, ist noch wer im Meer? Ist da noch wer, der sich mit meiner Kraft messen will?«

Erst nachdem er einige Male diese Worte herausgeschrien hatte, begann Armagirgin, das getötete Tier zu zerlegen: Er mußte sich beeilen, denn der Frost ließ den Tierkörper so schnell erstarren, daß kein Messer mehr eindringen würde. Während er den Bären zerteilte, steckte sich Armagirgin immer wieder ein Stück des noch warmen Fleisches in den Mund und spürte zufrieden, wie Sättigung in seinen Körper drang und kräftige Wärme in seinem Blut zu fließen begann.

Er versuchte, soviel er irgend tragen konnte, mit sich zu nehmen.

Die schwere Last drückte ihn nicht nieder, denn sie war Fleisch, sie war Leben, welches Ruhe versprach, einen tiefen Schlaf, Vertrauen in die Zukunft und Genuß am eigenen Machtempfinden.

Seine Familie empfing ihn und zahlreiche Nachbarn, die noch von weitem an dem zwischen den Eisschollen auftauchenden Schatten erkannt hatten, daß der Jäger mit Beute kam. Und zwar mußte er einen Eisbären erlegt haben, denn wäre es ein Seehund, zöge er ihn über den Schnee hinter sich her.

Freudig empfing man Armagirgin. Knapp und genau gab er an, wo die Reste des Bären lagen, und dorthin eilten auf ihren schnellen und kräftigen Beinen die jungen Männer.

Seine Frauen befestigten die großen Kessel über dem

Feuer, und vor dem Morgengrauen, als das Fleisch gar war, lud man die geachtetsten und bekanntesten Bewohner des Kaps der Kiesel in die Jaranga.

»Ruft auch die alte Nau«, mahnte Armagirgin.

Die Greisin kam. Graue Zotteln bedeckten fast völlig ihr ausgemergeltes Gesicht. Armagirgin betrachtete ihre Hände und dachte, daß deren Haut an einen alten, von Regen dunkel gewordenen Mantel aus Walroßdärmen erinnerte. Sehr gealtert war in der letzten Zeit die ewige Einwohnerin Nau! Die Greisin nahm neben dem hell brennenden Tranlämpchen Platz, wo es warm war und stark nach frischem Essen duftete.

»Das Jagdglück ist zu dir gekommen«, sagte sie leise dem Jäger.

Armagirgin lachte ein Siegerlachen: »Ich habe es mit meinen eigenen Händen ergriffen!«

»Ja«, nickte die alte Nau. »Das Jagdglück kommt zu dem, der starke Hände hat.«

»Und zu dem, der sich als der wirkliche Herr des Lebens fühlt«, fügte Armagirgin hinzu.

»Auch das stimmt«, pflichtete ihm die Alte bei. »Aber damit das Leben vollkommen ist, muß man einander lieben, muß man den Bruder lieben und nicht nur sich selbst...«

»Na, fängst du wieder mit deinen Märchen an!« Armagirgin lachte auf. »Laßt uns lieber essen!«

Die Frauen stellten eine lange hölzerne Schüssel, auf der das Bärenfleisch rauchte und dampfte, vor die Versammelten hin. Alle fingen hastig zu essen an, und langes, nur vom lauten Schmatzen und dumpfen Seufzen der sich satt essenden Leute unterbrochenes Schweigen herrschte in dem weiträumigen Polog des stärksten und erfolgreichsten Menschen auf dem Kap der Kiesel.

In dem Maße, wie die Mägen sich mit Fleisch füllten, lösten sich die Zungen, und die Menschen begannen, sich die Zeiten erfolgreicher Jagden ins Gedächtnis zu rufen, sie träumten voller Sehnsucht vom Beginn des Sommers, wenn es genügend Walroßfleisch geben würde und keine langen, dunklen, hungrigen Nächte wie im Winter.

»Der Sommer wird schwer werden«, sagte Nau und legte einen kleinen, sauber abgenagten Knochen auf die leergewordene Holzschüssel.

»Woher weißt du das?« fragte Armagirgin herausfordernd.

»Einfach so«, antwortete Nau ruhig.

»Wer hat dir das gesagt?«

»Ich weiß das von allein«, erwiderte die Greisin. »Weshalb sollte ich da jemanden fragen?«

Mit einem langen Blick maß Armagirgin die alte Frau. »Dann wünsche uns doch größeres Jagdglück...«

»Daran hättest du früher denken müssen«, entgegnete ihm die alte Nau. »Lieben soll man nicht nur sich, sondern alle Menschen, und zwar uneigennützig. Aber du hast heute doch nicht Gäste geladen, um das Fleisch mit ihnen zu teilen, sondern einzig aus dem Wunsch heraus, dich zu rühmen, damit die Leute sehen und wissen: Schaut her, so einer bin ich, Armagirgin!«

»Selbst wenn es so wäre, ist das nicht deine Angelegenheit!« bemerkte Armagirgin verärgert. »Märchen erzählen sollst du und nicht Leute belehren, wie sie zu leben haben!«

»Dann werde ich dir ein Märchen erzählen«, antwortete die alte Nau ruhig. »Hör zu...«

»Ja, wozu sollen wir denn zuhören!« winkte Armagirgin ab. »Alle deine Märchen kennen doch selbst schon die kleinsten Kinder. Märchen eines vergangenen Lebens...«

»Ich werde dir ein Märchen von der Zukunft erzählen«, wandte Nau ein.

Dies ließ Armagirgin aufhorchen, und herablassend nickte er der Greisin zu: »Also gut! Mit sattem Bauch kann man sich auch ein Märchen anhören.«

Die alte Nau setzte sich neben dem flackernden Tranlämpchen bequemer zurecht und begann mit gedämpfter Stimme:

»Jedes Märchen beginnt mit den Worten: es war einmal. Der Beginn dieses Märchens lautet anders: es wird einmal so sein... Es wird so... Ein Mensch wird geboren werden, der erfolgreicher sein wird und stärker als du, Armagirgin, obwohl er einen anderen Namen tragen wird. Auf dem Meer wird er die kräftigsten und fettesten Tiere erlegen, auf dem Lande die schnellsten jagen, und mit seinen bloßen kraftvollen Händen wird er Wölfe und Bären erdrosseln können. Die Menschen werden ihn über alles loben und sogar Märchen und Legenden über ihn verfassen. Aber es wird ihm zuwenig erscheinen, daß die Menschen ihn fröhlich und lebendig vor sich sehen. Er wird in jeder Jaranga für immer anwesend sein wollen. Kunstschnitzer werden sein Abbild in Walroßknochen ritzen, es auf weiße Häute malen und an langen Stangen aufhängen... Aber auch das wird ihm zuwenig sein. Zuwenig, daß sein Bild in allen Jarangas ist. Er wird fordern, daß auch sein Geruch in jeder Wohnstatt gegenwärtig sein soll, und er wird alle zwingen, ihn zu beriechen, wo immer er auftaucht, und mit seinem Geruch wird man die Jarangas durchtränken... Auch das wird ihm nicht genug sein. Die besten und neuesten Kleider wird er tragen, aber er wird sie noch schmücken wollen, und die besten Kunststickerinnen werden seine Kleider verzieren, und er wird strahlen wie das Licht der Sonne... Ja. Mit der Sonne wird man ihn vergleichen, aber auch das wird ihm nicht genügen. Er wird wünschen, daß echte Sterne seine Kleider zieren... Und man wird Menschen losschicken, die Sterne zu holen, welche er begehrt, und sie werden sterben unterwegs... Und er wird allein bleiben, und erneut wird es leer sein und wild an der Küste des Meeres, wie damals, als ich kam in meiner Jugend...«

Die alte Nau hatte ihr Märchen beendet. Auch alle anderen schwiegen, denn viel Unverständliches war in den Worten der Greisin.

Armagirgin gähnte breit und sagte: »Trotzdem müssen wir schlafen... Wir haben gut gegessen, einem Märchen der alten Nau gelauscht... Was brauchen wir noch, außer einem langen und süßen Schlaf?«

Und alle gingen auseinander, jeder in seine Jaranga.

IV

Zum Frühjahr hin wurde es ganz erbärmlich auf dem Kap der Kiesel: Die Menschen schabten ab, was sich an den Wänden der Fleischspeicher angesetzt hatte, weichten Riemen aus Bartrobben-Haut ein und kochten sie aus, und vorjähriges Grünzeug grub man aus dem Schnee. Viele starben einfach vor Hunger, besonders die kleinsten unter den Kindern, die vergeblich versuchten, wenigstens ein Tröpfchen aus den vertrockneten, schlaffen Brüsten ihrer Mütter zu saugen, die ledernen Handschuhen glichen.

Die Frühlingssonne und die mit ihr kommende Wärme brachten nicht die ersehnte Bewegung des Eises; erst als die ersten Vögel geflogen kamen, tauchten da und dort Risse auf und kehrten die Jäger mit Beute zurück.

Aber das war längst nicht mehr der Überfluß der vergangenen Jahre.

Etwas war geschehen in der Natur, und niemand konnte eine Erklärung finden – außer der alten Nau, die behauptete, alles läge in der Gier des Menschen und seiner Unfähigkeit begründet, in der Verachtung seinesgleichen, der Natur und der Tierwelt auf dem Lande und im Wasser.

Diese Erklärungen der kranken Greisin riefen nur Spottgelächter bei den zermürbten und ausgehungerten Menschen hervor, die wußten, daß ein Seehund niemals von allein zu seinem Jäger kam und die Vögel das Netz nicht suchten, um sich zur Freude des Fängers hineinzuverirren.

Das Jagdglück kam nur zu dem, der, ohne sich zu schonen, Tage und Nächte auf dem Eis zubrachte.

Mit dem Eisgang wurde es leichter.

Die Menschen jagten von großen Booten aus; sie lauerten den Walrossen auf ihren gewohnten Wegen auf, als diese in ganzen Schulen durch die Meerenge aus dem südlichen in das nördliche Meer schwammen. Die Jäger bekamen sie dort zu fassen, harpunierten sie und schleppten sie zum Ufer, wo schon die Frauen mit scharf gewetzten Messern warteten.

Feuer loderten in den Jarangas, der Geruch gekochten Fleisches verbreitete sich in der ganzen Siedlung und erfreute die Herzen der Menschen; so entstanden neue lustige Lieder in den Mußestunden, in denen der Heldenmut Armagirgins Lobpreisung fand, jenes Menschen, welcher das ganze Universum zum Kampfe herausforderte.

Die Menschen aßen und stopften sich voll für den Winter. Nicht nur mit Seehund- und Walroßfleisch. Sie hatten entdeckt, daß auch Vogeleier überaus schmackhaft sind, ja, und sogar die Vögel selbst, die man mit großen, aus Rentiersehnen geknüpften Netzen fangen konnte.

An stillen Abenden erlegte man mit Lanzen die im Niedrigwasser schwimmenden, dösenden Fische; und Blaublümchen ging man pflücken, welche mit Seehundtran vermischt wurden und so eine ungewöhnlich leckere Nascherei ergaben. Alles wollte man kosten, um sich für die langen Hungermonate im Winter zu entschädigen. Auf den Dächern aus Walroßhaut breitete man Bartrobben- und Seehundrippen aus, und wenn das Fleisch so trocken war, daß es schwarz wurde und sich weiße Madenflecken zeigten, befand man, daß es nun genau richtig war. An abgelegenen, warmen Orten bewahrte man Seehundflossen auf, von denen man später die Haut wie Handschuhe abzog; mit geschliffenem Messer zerkleinerte man das weiche Fleisch, welches durch das lange Lagern an der warmen Stelle so scharf schmeckte, daß es mit einer Unzahl von unsichtbaren, stechenden Nadeln übersät schien.

Essen diente nicht mehr bloß dazu, verbrauchte Kräfte wieder aufzubauen, sondern wurde zum Genuß, zu einem verfeinerten Vergnügen. Irgend jemand ließ es sich einfallen, gereinigte Walroßdärme mit Stücken von Herz, Leber, Lunge und Speck zu stopfen und alles auf kleiner Flamme zu kochen ... So tauchte auch dieser Leckerbissen bei den Bewohnern des Kaps der Kiesel auf, welche die Gier nach verfeinerten Speisen ergriffen hatte.

Ja, die Menschen aßen, und sie aßen nicht schlecht, vielleicht sogar besser als in früheren, ihres Überflusses wegen berühmten Jahren. Aber diesmal war hinter ihrer Sattheit ein Unglaube zu spüren; mit einer gewissen Gier trachteten und hasteten sie, sich den Bauch vollzuschlagen.

Man aß alles, was man erlegte. Nichts blieb, um Vorräte anzulegen. Und als schlechtes Wetter aufkam, aß man zunächst das wenige, das noch übrig war, dann versuchte man es mit Fischfang, und schließlich wurde der Gürtel enger geschnallt und geduldig gewartet, bis sich der Wind gelegt haben und man aufs Meer hinausgehen können würde, um die vorbeiziehenden Walroßgruppen zu jagen.

Das Wasser an den Ufern des Kaps der Kiesel brodelte nicht mehr von Tieren wie noch vor kurzem; die neugierigen Köpfe der Seehunde und Bartrobben stachen nicht mehr aus den Fluten hervor wie Pfosten; die Vögel tummelten sich nicht mehr dort; und die Walrosse badeten nicht mehr in der Brandung. Alle waren sie irgendwohin fortgezogen, fortgeschwommen, fortgeflogen. Sicher, auch früher hatte es karge Zeiten gegeben, aber niemals solche wie in diesem Jahr. Als hätten die Tiere auf irgendeine Weise von dem unstillbaren Hunger der Küstenbewohner erfahren und wären zu anderen Orten geeilt. In der Tat war ihre Unersättlichkeit so groß, daß die Bewohner des Kaps der Kiesel trotz der wenigen Beute fettleibig waren und kaum in ihre Lederboote paßten. Sie sprachen sogar weniger, denn ihre Münder waren meistens damit beschäftigt, irgendwelche Nahrung zu kauen.

Unterdessen neigte sich der kurze Sommer seinem Ende zu, und dort, wo früher die Walrosse aufs Land gekommen waren und die Bewohner des Kaps der Kiesel sich für den Winter mit ihrem Fleisch bevorratet hatten, war es trostlos und öd. Die Brandung polierte die sauberen Kieselsteine, überflutete alte, vom Abschlachten der letzten Jahre übriggebliebene, zerbrochene Stoßzähne, leckte zerbröselnde Muscheln und rollte leise zischend zurück ins kalte, leere Meer.

Nur die Wale hielten diesem Ufer nach wie vor die

Treue, kamen in ganzen Familien und spielten mit ihren hohen Fontänen, in denen das Sonnenlicht sich zerstükkelte.

Wenn Armagirgin mit leerem Boot heimkehrte, schaute er voller Haß auf sie, auf ihre glatten, riesigen Körper, wenn sie langsam untertauchten, und dachte, welch ungeheuer große Tierkadaver sie im Grunde genommen darstellten, welche Goldgrube an Fleisch und Fett. Warum muß man an diese phantastischen, unwahrhaftigen Erzählungen der alten Nau über die Abstammung des Küstenvolkes vom Wal glauben? Weshalb sind gerade die Wale ihre Vorfahren? Und nicht die Walrosse oder Robben? Letztendlich erinnerte eine Bartrobbe wesentlich mehr an einen Menschen, besonders wenn sie auf dem Eis liegt und den Jäger ansieht. Eben diese Ähnlichkeit wird ihr auch oft zum Verhängnis. Der sich anschleichende Jäger ahmt die Bewegungen einer Bartrobbe nach, und dem Tier scheint es, ein Artgenosse nähere sich ihm... Oder weshalb ist der Wolf nicht der Urahne des Menschen? Er lebt auf dem Festland und ernährt sich von Fleisch wie der Mensch. Diese riesigen Fett- und Fleischleiber dagegen ernähren sich von wer weiß was; soviel dem Menschen bekannt ist, fressen sie zumindest weder Robben noch Seehunde...

Nein, wenn man es richtig überlegt, besteht keine Ähnlichkeit zwischen dem Wal und dem Menschen, und ehrlich gesagt haben die Menschen auch nie im Ernst dem Geschwätz der verrückten Greisin geglaubt...

Und Wale zu erlegen, das bedeutete doch keine große Arbeit, wenn man mit drei oder vier Booten gleichzeitig auf sie losginge.

So dachte Armagirgin, und mit jedem Tag verfestigte sich in ihm dieser Gedanke.

Dann kam der Augenblick, da er diese Überlegungen

seinen Mitmenschen mitteilte. Erstaunlich, aber auch sie gestanden, schon lange genauso zu denken wie Armagirgin. Und was die Märchen der alten Nau betreffe, so gebe es eine ganze Reihe von Märchen von anderen Tieren, wo eine Krähe mit menschlicher Stimme redete, Walrosse Lieder sängen und Füchse richtige Jarangas bauten...

Und trotzdem hielt irgend etwas Armagirgin noch für einige Zeit zurück. Vielleicht die Tatsache, daß doch manchmal ein Walroß oder eine Robbe auftauchte und die Leute etwas zu essen hatten, vielleicht aber auch die alte Nau... Sie war so schwach, daß sie schon nicht mehr die Jaranga verließ, fast nichts mehr aß und ihr Reden nur noch ein Flüstern war. Aber noch immer behauptete sie, daß sie Wale geboren habe, welche die Brüder der heute lebenden Menschen seien... Doch niemand hörte mehr ernsthaft auf die Worte der alten Frau.

Dieses Mal gab es ungewöhnlich viele Wale vor dem Kap der Kiesel. Sie durchpflügten das Meer genau an der Brandungslinie, bespritzten den, der in ihre Nähe kam, mit regenbogenfarbenen Tropfen.

Armagirgin hoffte noch immer, daß die Walrosse auf ihren alten Lagerplatz kämen und man sich mit Fleisch und Fett für den Winter eindecken könnte. Aber das Ufer war öd; nicht nur, daß die Walroßgruppen nicht ihren alten Platz aufsuchten, sie hüteten sich auch, in seiner Nähe zu schwimmen, und machten einen großen Bogen um ihn.

Jedesmal, wenn Armagirgin an einer Walfamilie vorbeiruderte, maß er sich bald mit dem einen, bald mit dem anderen und kundschaftete ihre verletzlichsten Stellen aus. Und an Land verfertigte er große Speere und ging mit seinen Freunden in die Tundra, wo sie aus weichem Gras und Lehm die Attrappe eines großen Wales hergestellt hatten.

Einmal, als er aus der Tundra heimkehrte, ging Armagirgin an der Jaranga vorbei, in der die alte Nau lebte. Er hörte sie stöhnen und betrat den Tschottagin.

Die alte Nau erkannte ihn.

»Bist du krank?« fragte Armagirgin, scheinbar voller Anteilnahme, die Greisin.

»Übel steht es um mich«, stöhnte klagend die alte Nau. »Manchmal ist nichts, und dann scheint es wieder so, als durchbohre mich jemand.«

Verwirrt verließ Armagirgin die Jaranga... Hallten die Stiche seines Speeres etwa in dem Körper der alten Frau wider? Aber das ist doch unwahrscheinlich, unmöglich! Vielleicht hatte ihr jemand von den heimlichen Übungen Armagirgins und seiner Freunde erzählt, und die alte Nau versuchte, ihn vor der Ausführung seines Plans zu warnen?

Eine der Waltruppen tummelte sich in der Nähe, auf Sichtweite von der Siedlung entfernt. Es war die letzte, eben jene, der man in den vergangenen Jahren Opfergaben dargebracht hatte. Die Wale warteten auf diese Abschiedsgeste der Menschen und schwammen näher heran, sobald die Boote ins Wasser gelassen wurden.

Doch plötzlich ahnte die Schule eine Gefahr, machte unvermittelt kehrt und entfernte sich vom Ufer.

»Schnappt euch den nächsten!« schrie Armagirgin und warf als erster seinen Speer, der in die Haut eines jungen Wales drang. Blut spritzte hervor, färbte das Wasser rot, und dem Speer Armagirgins flogen andere hinterher.

Aber der Wal war noch voller Kräfte, und schnell folgte er seinen Artgenossen, die in die Meeresweite davonschwammen, um sich vor den sie verfolgenden Menschen zu retten.

Armagirgin brachte sein Boot quer zu der Schule und schnitt den verletzten Wal von ihr ab. In das mit Wunden bedeckte Tier flogen Speere, die mit Schwimmkörpern aus Seehundhäuten versehen waren. Diese Schwimmkörper hinderten das Tier am Untertauchen, und der Wal, der durch den Blutverlust an Kräften verlor, verlangsamte seine Geschwindigkeit.

Aus den zahlreichen Wunden ergoß sich das Blut in Strömen; sein Anblick stieg den Menschen zu Kopf, und jeder der in den Booten Sitzenden versuchte, noch etwas Spitzes in das Tier zu bohren.

Der Wal machte einen letzten Versuch, seine Familie einzuholen, doch auf seinem Wege standen die Boote mit den schreienden, Speere schwingenden Menschen, und, als versöhne er sich mit seinem Schicksal, hielt er inne.

Da tötete man ihn. Den leblosen Körper band man an den Booten fest und kehrte zum Ufer um.

Der aufkommende Wind ermöglichte es, die Segel zu setzen, und die Flotte der Sieger trieb auf das mit Kieseln bedeckte Ufer zu.

Lange schwammen sie so. Die Nacht hatte längst das Ufer eingehüllt, und es wurde schließlich so dunkel, daß die Menschen einander kaum erkennen konnten. Am Himmel stand nicht ein Stern, und selbst der Mond kam nicht zum Vorschein in dieser Nacht.

Der stolze Armagirgin saß im Heck des ersten Bootes und führte das lange Steuerruder.

Am Ufer empfing man die Jäger mit Freudenrufen.

Armagirgin befahl, alle sollten in ihre Jarangas gehen.

»Den Wal zerlegen wir morgen früh«, sagte er müde.

Langsam stieg Armagirgin zu seiner Jaranga hinauf.

Als er an der Wohnstatt vorüberkam, in der die alte Nau

wohnte, vernahm er ein Stöhnen. Er hob das Fell, welches den Eingang zur Jaranga verdeckte.

Die alte Nau schaute mit glühenden Augen auf ihn und äußerte mit einem Röcheln: »Wenn du heute deinen Bruder, nur weil er dir nicht ähnlich sieht, erschlagen hast, wirst du morgen...«

Und da fiel der Kopf der alten Nau nieder, und es gab nicht mehr die ewige Frau, die den Überlieferungen nach alle überlebt hatte und nicht zu besiegen gewesen war vom Tod.

...Frühmorgens begaben sich die Männer mit scharf gewetzten Messern zum Ufer, um sich an das Zerteilen des Wales zu machen.

Voran ging Armagirgin. Mit weit aufgerissenen Augen blickte er geradeaus.

Aber wo war der Wal? Wo dieser riesige Berg aus Fleisch und Fett, den sie gestern hierher geschleppt hatten?

Eilig lief Armagirgin zum Wasser hinab. An der Brandungslinie war etwas Kleines zu sehen, das von den Wellen umspült wurde.

Der Wal lag nicht mehr dort.

An seiner Stelle lag dort ein Mensch. Er war tot, und die Wellen bewegten sein schwarzes Haar.

Und weit, bis zu dem Punkt, wo Himmel und Wasser zusammenstoßen, erstreckte sich das ungeheuer große, öde Meer, und nicht ein einziges Anzeichen von Leben war in ihm, nicht eine einzige Walfontäne.

Die Wale waren fortgezogen.

Worterklärungen

Enenyljin – Schamane; wörtlich: der Heilende.

Jarar – Tamburin; er wird gefertigt, indem man die Haut eines Ren- oder Walroßmagens auf einen runden oder ovalen Holzreif aufzieht. Der *Jarar* ist das wichtigste traditionelle Instrument der Tschuktschen, insbesondere bei rituellen Gesängen. Er findet sich in jedem Haushalt und wird von Männern wie Frauen gespielt.

Jaranga, Tschottagin, Polog – Die *Jaranga* ist die traditionelle Behausung der Tschuktschen. Sie besteht aus einem Gerüst, das mit Fellen überspannt wird. Es gibt darin zwei Bereiche: den unbeheizten *Tschottagin*, in dem die häuslichen Arbeiten (etwa das Bearbeiten der Tierhäute und die Essenszubereitung) verrichtet werden, winters übernachten dort auch die Schlittenhunde; der beheizte Teil der *Jaranga* ist der aus Renfellen genähte *Polog*, den eine oder mehrere Tranlämpchen nicht nur erhellen, sondern zugleich auch beheizen; er dient der ganzen Familie als Schlafstatt.

Kamus – das Winterfell an den Beinen ausgewachsener Rene.

Kelet – böse Geister.

Kerker – zweiteilige Pelzkleidung der Frauen.

Kopalchen – Walroßfleisch und -fett, die eigens als Wintervorrat vorbereitet und in Rollen in den unterirdischen Fleischspeichern aufbewahrt werden.

Kuchljanka – knielanges Kleidungsstück aus Fell und mit Kapuze, vergleichbar dem Parka der Eskimos.

Malachaj – Pelzmütze mit Ohrenklappen.

Pilchyn – Meerenge; wörtlich: Schlund.

Polog – siehe *Jaranga*.

Pychpych – Schwimmkissen aus Seehunddärmen

Retem – Tierhaut.

Torbassen – Fellstiefel.

Tschottagin – siehe *Jaranga*.

Tuesok – Beutel, Sack aus Leder.

Wykwepojgyn – Instrument zum Bearbeiten der Häute; in wörtlicher Übersetzung ungefähr: Steinstock.